Gert Heidenreich
Die Gnade der späten Geburt

Gert Heidenreich

Die Gnade
der späten Geburt

Sechs Erzählungen

Piper
München Zürich

ISBN 3-492-03069-6
© R. Piper GmbH & Co. KG, München 1986
Gesetzt aus der Bembo-Antiqua
Gesamtherstellung:
Hieronymus Mühlberger, Augsburg
Printed in Germany

Inhalt

Die Gnade der späten Geburt

I

Wer von Südosten her, aus dem Schatten des Malterner Buchwalds tretend, die kleine Brücke aus Holzknüppeln begeht, die ihn über den Walchbach trägt, gewinnt – unwillkürlich seinen Weg auf der Brücke unterbrechend und nun selbst zwischen altem Weidengebüsch an den Bachufern jedem Blick entzogen – weite Aussicht auf Felder, Wiesen, die sich, in gefälligen, dem Auge jederzeit wohltuenden Wellen ansteigend, bis zu jenem Hügel hin dehnen, auf dem eine mächtige Baumkrone die Betrachtung aus der Distanz versammelt, einem Wegzeichen gleich, das der Näherkommende als Gruppe von drei Kastanien erkennt, deren Geäst die Jahrzehnte zur Kuppel vereint haben; worunter eine, von der Gemeinde Maltern aufgestellte hölzerne Bank und – im Mittelpunkt des Dreiecks, das die Stämme bezeichnen – ein mit schmalem Blechgiebel überdachtes Kruzifix und die unter dem Leib des Gekreuzigten befestigte Madonna ihren Platz gefunden haben.

Die Bank wird jährlich dunkelgrün lackiert, Kreuz und Figuren verwittern, hellen im Sommer grausilbern auf, saugen die Luftfeuchte im Winter, bis sie tiefschwarz, ein aufrechter Schatten, über die Bank ragen.

Von hier ist nun auch die Zwiebelhaube des Malterner Kirchturms zu sehen: Schlank und scheinbar bedrängt von den dicht verkanteten Dächern des Ortes, hebt sich der weiße Viereckturm von dem sich nördlich des Dorfes erstreckenden Walcher Moor ab und teilt den Horizont in den westlichen Glanz des Steinsees und die östlich gewölbte gelbgraue Dunstglocke der Hauptstadt.

Es kann gut sein, daß der Fremde, der seinen Weg vom Buchwald hierhin fortgesetzt hat und auf der Bank unter den Kastanien auszuruhen wünscht, dort eine Frau sitzend vorfindet, die ein so abweisendes Schweigen um sich breitet, daß niemand wagen würde, sich ungebeten neben sie zu setzen, das zugleich aber von einem Abgrund Zeugnis gibt und derart auf Einsamkeit beharrt, daß jede Frage – selbst die einfache, ob man platznehmen dürfe – einem Schritt aufs dünne Eis gleichkäme.

Auch wird der Fremde keinen Blick dieser Frau erhalten – es sei denn, der Zufall führte ihn gegen sieben Uhr abends auf den Kastanienhügel, und er könnte beobachten, daß mit dem Läuten vom Malterner Kirchturm die Frau augenblicks ihr Schweigen zusammenrafft wie einen Mantel, den Kopf, als erwachte sie jetzt, dem Ort zuwendet, sich mühsam erhebt und möglicherweise den Fremden grüßt, dann zum seitlichen Feldweg hinab und ins Dorf geht, dort mit sichernden Schritten zwischen den Neubauten und glatten Gärten des Ortsrandes verschwindet.

Sommers wie winters könnte der Fremde sie finden: Zu unterschiedlichen Stunden am Nachmittag erreicht sie den Hügel, Schlag sieben Uhr verläßt sie ihn – und wären nicht gelegentlich Gewitter und Hagel, Regenstürme, dichtes Schneetreiben, man dürfte sie alle Tage des Jahrs auf dieser Bank vermuten; starr nach Osten blickend zu einem kleinen, abseits der Teerstraße nach Walch auf einer Anhöhe liegenden Gehöft, schmalbrüstiges Wohnhaus mit geducktem Schuppen zur Seite, ohne Baumbestand, tags fast weggeblendet vom Licht, in der Dämmerung erst verlassene Kontur: Hoher und niederer Giebel, wie eine unglückliche Mutter mit ihrem traurigen Kind an der Hand vor der Gemarkungsgrenze des Dorfes.

Gesetzt, der Fremde hätte, als die Frau außer Sicht war, dieser ersten Begegnung unter den drei Kastanien keine weitere Bedeutung beigemessen und wäre, nach kurzer Rast auf der Bank, bei Einbruch der Dämmerung durch die Gassen Malterns bis zum Gasthaus an der Hauptstraße gelaufen, auf dessen Parkplatz er seinen Wagen abgestellt hatte, so hätte er, ohne noch etwas über diese Frau zu wissen, doch jene Beunruhigung nicht abschütteln können, die vom Bild ihres Schweigens in ihm ausgelöst worden war.

Er hätte sich vielleicht entschieden, die Nacht in Maltern, das als Ferienort gilt, zuzubringen, hätte im Gasthof *Kaiser Heinrich* Quartier gefunden, abends in der Wirtsstube von seinem Einzeltisch aus Geschäftsabsprachen am Stammtisch belauschen können, Männer, deren Stimmen mit steigender Strichzahl auf den Bierdeckeln an Lautstärke zunahmen, während helle Frauenstimmen aus dem Nebenzimmer von einer Sitzung des Malterner Kulturvereins drangen, wohin die Kellnerin Wein und Tee trug. Er hätte sich durchaus wohl fühlen können in dieser aus Dorf und städtischem Einzugsgebiet gemischten Bürgerlichkeit, in der man zahlenden Gästen, wenn nicht herzlich, so immerhin mit freundlichem Respekt begegnet.

Im kühlen Schein der Straßenlampen hätte er später der Inschrift unter dem Dachsturz des Gasthauses entnehmen dürfen, daß am 2. Januar 1077 Kaiser Heinrich IV. auf seinem Bußgang nach Canossa durch Maltern gezogen sei – und derart belehrt über die historische Bedeutung des Ortes, an dem für einige Tage zu bleiben er sich jetzt entschieden hätte, wäre ihm in der außergewöhnlichen Nachtstille Malterns ein so gütiger Schlaf zuteil geworden, daß ihn erst am späten Morgen die im Tiefflug den See überreißenden Jagdbomber geweckt hätten, als ihr Schallmauerschlag das Dorf erschütterte und das Gesicht der Frau unter den Kastanien ihm aus dem schon verbleichenden Halbtraum ins Wache herüberglitt, die Unruhe, die ihn gestern erfaßt hatte, erneut in ihm aufkam, scharf, dennoch ungenau wie von einer lange gefürchteten, jetzt ergangenen Entscheidung herrührend, deren Inhalt, obgleich ausgesprochen, ihm nicht bekannt war, so daß er gewiß hastig Morgentoilette und Frühstück hinter sich gebracht und vielleicht sogar den Entschluß gefaßt hätte, abzureisen, wäre ihm nicht, als er einiger Besorgungen wegen den hinter dem Gasthaus gelegenen Supermarkt aufsuchte, jene Frau wiederbegegnet, und hätte er dies nicht als Zeichen genommen, daß er Maltern nicht verlassen durfte, ohne den Grund der ihn bedrückenden Empfindung erkannt zu haben, die einer seltsamen, diese Frau und ihn verbindenden Bestimmung zu entspringen schien, so, als habe er keineswegs zufällig für seinen Herbstausflug die Seenplatte westlich der Hauptstadt gewählt und gerade in Maltern gehalten, um dort zu jenem Spaziergang aufzubrechen, der ihn in weitem Bogen durch die südlich um das Dorf liegenden Felder, Laubwälder, endlich, auf dem Rückweg nach Maltern, zu dem Hügel mit den drei Kastanien führte, wo seine Freiheit, etwas beliebig anderes zu tun, als er seither tat, geendet hatte.

Der Befehlston einer rauhen Stimme ließ ihn aufblik-
ken, als er, eben aus der Schwingtür des Supermarkts
getreten, neben den längs der Schaufenster ausgestell-
ten Obstkisten stand.

Die Alte, jenseits der schmalen Straße, hatte einen
Kunden laut angewiesen, seinen Einkaufswagen von
der Parkbucht zurückzuschieben vor die Ladentür,
und sandte ihm, obwohl er, erschrocken, sofort gehorchte, die Frage nach, ob er bei sich zuhause auch
alles stehn und liegen lasse.

Ihr zufriedenes Lächeln – wohl darüber, daß eine
Käuferin unter dem Eindruck dieses Ordnungsrufes
ihren Gitterwagen, noch ehe sie den Deckel des gerade
beladenen Kofferraums geschlossen hatte, zum Eingang des Supermarkts zurückführte – verlieh dem Gesicht keine mildernden Züge, härtete seine kantigen
Linien; die verschatteten, listig wirkenden Augen
schlossen sich fast, nicht vor der Blendung des spät-
sommerlich leuchtenden Vormittags, sondern im Genuß bestätigter Macht.

Ein kurz darauf heranfahrender Kombi wurde in
eine Parklücke gewunken, ein Kleinwagen von der
Gegenrichtung mit erhobener Hand zum Halten ver-
anlaßt.

Die Abfolge gebieterischer Regelungen bewirkte
die schmale Gestalt mit sparsamen Fingerzeigen, kurzen Schritten über die Grundstücksgrenze auf die
Straße, nach denen sie sich zurückzog auf den Beob-
achtungsposten vor ihrem Haus, das ganz Reinlichkeit
war und dessen Bauweise verriet, daß es sich um ein
ursprünglich gut in den Ort gefügtes Bauernhaus handeln mußte, dessen Fassade in jüngerer Zeit mit Eter-
nitschindeln verkleidet worden war; im Zuge der Er-
neuerung maßlos vergrößerte Fenster, reichlich mit

Kupfer beschlagene Dachkanten hatten es in ein wetterfestes Monstrum verwandelt, das in dem sauber mit Betonsteinen ausgelegten und von weißen Blumentrögen begrenzten Vorhof stand, dem Supermarkt gegenüber, auf dessen vergleichsweise schlichten Bau es sehnsüchtig zu äugen schien, bewacht von seiner Besitzerin, die ihr vergilbtes weißes Haar in Höhe der langen Ohrläppchen rundum gerade abgeschnitten, gescheitelt und, seitlich aus der Stirn, mit einer Spange befestigt trug, was ihrem Gesicht einen männlichen Rahmen gab und den Eindruck von Unbarmherzigkeit verstärkte, der zu dem zarten, wenn auch kaum gebeugten Körper in merkwürdigem Gegensatz stand.

Ihre herrischen Gesten schienen in jedem, der am Supermarkt an- und abfuhr, den Untertan zu wecken; erst, wenn sie sich, weil gerade niemand kam oder ging, auf ihrem im Vorhof aufgestellten Küchenstuhl eine Pause gönnte, war wieder jene Frau in ihr zu erkennen, die am Nachmittag unter den Kastanien sitzen und, ohne Macht über die Wege von Menschen, schweigend zu dem Gehöft sehen würde, das von der fernen Anhöhe ihren Blick zu erwidern schien.

Der Fremde hatte sich unter dem Eindruck ihrer Wandlung zur Aufsichtsperson bestürzt in den Supermarkt zurückgezogen, wo er, geschützt hinter dem Zeitschriftenregal, durch das Seitenfenster gute Sicht auf sie hatte und allmählich in eine nahezu kühle Beobachtung ihrer Straßenherrschaft und Lenkung der Wagen verfiel, bis der Geschäftsführer ihm zurief, ob er etwas Bestimmtes suche, und er kopfschüttelnd den Supermarkt verließ, sich rasch zum Gasthaus wandte, in seinen Wagen stieg und nun – auch wenn er sicher war, lediglich die begonnene Beobachtung vertiefen zu wollen – wie im Zwang, sich in die Macht der Alten zu begeben, auf die Hauptstraße und, von ihr abbiegend, auf den Supermarkt zufuhr, sehr langsam, als müsse er der Frau, für die er jetzt, als er sie durch die Windschutzscheibe sah, heiter den Namen ›Wagenlenkerin‹ fand, Gelegenheit geben, ihn wahrzunehmen, anzuhalten, einzuweisen. Sie aber trat freundlich zurück, ließ ihn ungehindert an ihr vorbei in eine Parklücke rollen.

Der Fremde sah nun die kleine Figur der Wagenlenkerin im Rückspiegel.

Mit wenigen Schritten hatte sie die Straße vor ihrem Anwesen überquert, sich hinter seinen Wagen gestellt, auf den sie mit ausgestrecktem Arm wies, schreiend, kein Zweifel, daß sie den Fremden meinte, er stieg aus, sah ihr vom Schmerz verzerrtes Gesicht, verstand jetzt, was sie schrie: *Kazett!*, immer wieder *Kazett!*, mit hochbrechender Stimme *Kazett!*, den mitten in ihren Bewegungen erfrorenen Kunden zu, als verlange sie nach Hilfe, warnenden Vogelrufen gleich stieß sie unablässig ihr *Kazett!* hervor und nahm die Hand nicht zurück, die ihn denunzierte, ihn, den Fremden, *Kazett*-Beschrieenen, der sich, vollständig verwirrt, in den Gesichtern der Umstehenden seiner Schuldlosigkeit zu versichern suchte, doch nur abweisenden und, wie ihm schien: zur Verurteilung schon bereiten Blicken begegnete, sich unter den weiter auf ihn hereinbrechenden *Kazett*-Schreien tatsächlich schuldig fühlte, in seinen Wagen schlüpfte, ihn startete, rückwärts auf die ihm ausweichende Wagenlenkerin zustieß, die Steuerung eng einschlug, im Bogen um die fortwährend Schreiende die Straße erreichte und, während er im Rückspiegel sah, daß der Geschäftsführer im weißen Kittel aus dem Supermarkt gerannt kam und die Alte am Arm packte, an der Einmündung zur Hauptstraße anhielt, rechts abbog, dem Ortsausgang zu, beschleunigte und erst, als er am Walcher Moor vorbei das nächste Waldstück erreicht hatte, den Seitenstreifen ansteuerte und hielt, zitternd, als sei ihm soeben eine Flucht unter lebensgefährlichen Umständen gelungen.

II

Einem derart Entkommenen zuzumuten, daß er – etwa aus dem Interesse, sich zu rechtfertigen und einen offensichtlichen Irrtum aufzuklären – an den Ort zurückkehrte, dem er gerade entflohen ist, übersteigt die Erwartung, die in jeden gesetzt werden darf, und niemand dürfte die guten Gründe des Fremden gering achten, von nun an das Dorf Maltern und seine Umgebung zu meiden.

Keiner hätte das Recht, ihm diese Scheu zum Vorwurf zu machen, und doch war er seit seiner Flucht mit sich unzufrieden, stellte sich auch vor, wie eine Rückkehr nach Maltern verlaufen könnte, wo er sich Gewißheit über die Wagenlenkerin und den Anlaß ihres Verhaltens, das tief als Kränkung, ja als Bedrohung in ihm hakte, verschaffen würde und endlich – darin mündeten seine Gedankenspiele – versöhnliches Einverständnis mit der Wagenlenkerin fände, das seinen zweiten Abschied von diesem Dorf zu einer Art friedlichem Sieg über Irrtum und Angst in ihm selbst verklärt hätte.

Da er bei einigen Versuchen, mit Freunden über die Begegnung zu sprechen, lediglich Gelächter und ebenso oberflächliche wie gut gemeinte Ratschläge geerntet hatte, war er dazu übergegangen, jene zwei Tage seines Lebens gleichsam als Verschlußsache zu hüten, mit der Folge, daß seine Anstrengung, *nicht* über die Wagenlenkerin zu sprechen, um so heftiger wuchs, je mehr man, wie er argwöhnte, in seinem Bekanntenkreis vermied, ihn nach ihr zu fragen.

Schließlich mußte er sich zugeben, daß in jedem, auch dem zufälligsten Gespräch auf der Straße, seine ganze Konzentration nur noch der Aussparung dieses einen Themas galt und er nahezu vollkommen unfähig zu einer normalen, irgendwelchen Ereignissen geltenden Konversation geworden war.

Ohne Zweifel war dies ein krankhafter Zustand, von dem er sich immer häufiger durch Phantasien vom glücklichen Ausgang eines zweiten Besuchs in Maltern Erleichterung verschaffte.

Zwar hatte sich mit den Wochen seither der schrille Klang jener *Kazett*-Rufe in ihm verloren, die zunächst noch wie ein vielfach in seinem Kopf gespiegeltes Echo angedauert hatten, doch waren die Schreie Bildern gewichen, den großen weißen Buchstaben *K* und *Z* in der Nachtschwärze seines Zimmers, Bildern von deutschen Konzentrationslagern auch, scheinbar wahllos aus Dokumentarfilmen, Geschichtsbüchern tretend, Bildern, in denen er sich selbst nicht vorfand, die jedoch, in seine Träume sich schiebend und dort vergegenwärtigt, bald die Wagenlenkerin enthielten, als Wärterin, Aufseherin; unbarmherzig wies sie den Gefangenen die Baracken zu, verteilte Strafen, bedeutete Tod.

Wäre er nicht vollständig sicher gewesen, daß er,

nach dem Krieg geboren, daß auch seine Familie in keinem Zusammenhang mit der staatlich bestallten Mörderbande stehen konnte, er hätte in den Biographien seiner Verwandten zu forschen begonnen; nicht selten verwünschte er seine berechtigte Gewißheit, nahm sie ihm doch die Chance, nach einer rationalen Erklärung zu suchen.

Seine dem Zufall verdankte Schuldlosigkeit hatte ihn jahrzehntelang wie eine Haut umgeben, an der die historischen Tatsachen – das Leiden der Opfer wie auch der Gehorsamsrausch der Täter –, Zahlen, Körper und Blicke fast spurlos abgeglitten waren, und die nun durch die Schreie der Wagenlenkerin verletzt schien: Schreie einer Erschreckenden und Aufgeschreckten, eines Opfers mit Gesicht und Gebärden der Täter – jene Mischung, die sich seinen einfältigen Zuordnungen entzog und deren quälender Widersprüchlichkeit er nichts entgegenzusetzen hatte als die scheinbar hilfreiche Deutung, die Wagenlenkerin müsse verrückt sein, er ihr zufälliges Objekt wie vielleicht viele vor ihm und viele seither, eine Erklärung, die jedoch stets, wenn er sich zu ihr retten wollte, sich gegen ihn wendete mit dem Verdacht, er selbst sei, bereits in der Begegnung bei den drei Kastanien, geistig erkrankt – so daß er nun manchmal sein Spiegelbild sorgfältig nach Zeichen der Vernachlässigung, des Verfalls gar, absuchte und einen, zunächst anderen, bald auch ihm selbst auffallenden Hang zu übertriebener Körperpflege entwickelte, seine Wäsche zweimal am Tag wechselte, einen früher nicht bemerkten, jetzt ihn bis zum Ekel vor sich selbst quälenden Körpergeruch an sich wahrzunehmen meinte und eines Morgens, als ihn beim Anblick seiner über den Stuhl gelegten Kleider vom Vortag eine so heftige Übelkeit befiel, daß er sich noch im Bett übergab, sich nicht anders zu helfen wußte, als auf sich selbst einzuschlagen, so als wären seine Hände die eines andern, der ihn herausprügeln wollte aus einem hysterischen Anfall, bis er, sich unter den Schlägen der eigenen, fremden Hände in den Bettwinkel verkriechend, schutzlos, mit dicht zum Körper gezogenen Knien, den Rücken an die kühlen Wände gepreßt, hockte und von sich abließ, langsam die Unruhe seines Atems besänftigte, sich fügte, leer, mit der seltsam klaren Sicherheit, daß man ihn nirgends erwarten, an keiner Stelle der Stadt seine Abwesenheit bemerken würde, daß er herausgefallen war aus einem Nachfoltergefüge, das sich hinter ihm sofort nahtlos schloß.

An diesem Tag, zur Zeit der Schneeschmelze, fuhr er, sich frei wähnend, aus der Stadt nach Westen, zielstrebig und scheinbar auf seinem Weg nichts wahrnehmend, nach Maltern, dort bis zur Ortsmitte, wo er den Wagen am Gasthaus *Kaiser Heinrich* abstellte und seinen Spaziergang antrat, wie im voraufgegangenen Herbst den Wegweisern, dann den Markierungen nach Walch folgte, Stunden später aus dem Malterner Buchwald auf die Brücke über den Walchbach trat, von der aus er die erwartete Ansicht des Hügels mit den drei Kastanien gewann.

Er war sicher, daß er dort um diese Nachmittagsstunde die Wagenlenkerin antreffen würde.

Als er sich, ohne zu fragen, neben sie gesetzt hatte, in ihren Blick zu dem düsteren Gehöft auf der östlichen Anhöhe, vertraulich fast und von einer mutigen, heiteren Stimmung erfüllt, fand er, daß es leicht war, in den Kreis ihres Schweigens einzutreten, ohne ihn zu zerstören.

Sie wandte den Kopf, blickte zum Kirchturm und den niedrigen Nebelbänken des Walcher Moors, über denen der Himmel, der im Osten grau geschlossen war, bereits schmale Durchbrüche von Helligkeit aufwies, die gegen Westen über dem See sich weiteten, wo die Wolken zu einem tiefblauen Geäder zerrannen und Flecken grellen Lichts wie eine verzerrte Spiegelung der Felder aussahen, in deren Senken und Pflugrinnen noch Schnee lag und deren aufgeworfene Erdschollen mit ihren schwarzen Kammlinien der schönen Unordnung des Himmels ein Menschenmuster entgegenhielten.

Im Süden, hinter dem Rücken des Fremden und der Wagenlenkerin, hatte der beginnende Föhn die Wolkendecke über die Horizontbreite aufgeschnitten, so daß sich der Hügel mit den drei Kastanien vom Dorf her als ein spätwinterlicher Schattenriß gegen das Licht abhob, letztes Zeichen der naßschwarzen Kälte, die bald aufgehellt, erwärmt und aus ihrer Starre befreit werden würde.

Nichts verriet, ob die Wagenlenkerin den Fremden wiedererkannt hatte.

Seine Frage, wer in dem Gehöft auf der östlichen Anhöhe wohne, zu dem sie vor seiner Ankunft geblickt hatte, beantwortete sie mit einem abweisenden Keiner, schien sich dann zu besinnen, daß seit Jahren sie niemand nach diesem Haus gefragt hatte, und setzte hinzu:

Das ist meins. Da hab ich mal gewohnt, ich und meine Tochter, und wie ich ein Mädchen war, bin ich auch da gewesen, aber das ist lang her.

Wieder hielt sie eine Pause, sagte dann, als sei seine Frage noch nicht erschöpfend beantwortet: Es ist nicht zu verkaufen.

Daß er keineswegs mit solcher Absicht gekommen war, sich dennoch zu ihr auf die Bank gesetzt hatte, und daß sie ihm schon in den ersten Sätzen über das Gehöft unwillentlich mehr von sich selbst mitgeteilt hatte, als ihm zukam, verleitete die Wagenlenkerin, an die Behauptung, man sähe ihm an, daß er nicht von hier sei, die Frage zu schließen, ob er ein Zimmer suche und ihm, da er bejahte, Quartier in ihrem Hause anzubieten, wo er ordentlich und ruhig, wenn auch ohne Frühstück, das er im nahen Gasthof einnehmen müsse, vor allem aber, falls er nicht darauf bestehe, dem Fremdenverkehrsamt gemeldet zu werden, auch äußerst preiswert unterkommen könne.

Der Fremde stimmte zu, noch ehe er sich entschieden hatte, verwirrt von der Leichtigkeit, mit welcher seine erst wenige Monate zurückliegende Flucht in die Distanz und die darauffolgende vergebliche Anstrengung, auch in seinem Innern sich der Wagenlenkerin zu entfernen, mit einer überraschenden Wendung, die weder er noch diese Frau beabsichtigt zu haben schienen, mühelos in Annäherung verkehrt waren.

Während die Alte ihm noch umständlich die Lage ihres Hauses gegenüber dem Supermarkt beschrieb, versuchte er zu klären, ob er auf eine Vertiefung der Krankheit oder auf deren endgültige Heilung zusteuerte – eine Prüfung, die ihm im Angesicht der Wagenlenkerin nicht gelingen wollte, weshalb er sich unter dem Vorwand, bis zum Ladenschluß noch einige Besorgungen erledigen zu müssen, und mit der Versicherung, er werde sich am Abend in ihrem Haus einfinden, verabschiedete, dann lange ziellos das Dorf Maltern durchlief, mit der Gewißheit, daß er nicht noch einmal fliehen dürfe, unentschieden jedoch, ob er – seiner Selbsteinschätzung nach noch immer Rekonvaleszent – sich nun einer Falle näherte, in der ein neues, härteres Stadium seiner geistigen Verwirrung ihn überkommen, oder einem Erlösungsort, an dem er sein Gleichgewicht wiederfinden, vielleicht sogar die angenehme Unverletzlichkeit zurück erhalten würde, die ihn Jahrzehnte davor bewahrt hatte, seinen Gefühlen den Raum zuzugestehen, in dem sie zu beschädigender Wirkung gediehen wären, jene Haut also, die verletzt war und deren Vernarbung er herbeisehnte.

Nun ist Maltern ein Dorf, dessen etwa zweitausend Einwohner fast ausnahmslos in der Bemühung um Schönheit der Vorgärten vereint sind.

Wer lange genug über die niedrigen Holzzäune geblickt hat, wird hier – es sei denn, sein Wissen um die Weltgegensätze hätte seine Neigung zum Widerspruch ganz verhärtet – ein von Garten zu Garten fortgeschriebenes Lied vorfinden, dessen blumige, auch schattige, stets jedoch gut gefaßte, gar gereimte Strophen seiner Sehnsucht nach den klaren, einfachen Klängen und Blickwinkeln der Kindheit so sehr entsprechen, daß er den Eindruck gewinnen wird, hier sei eine grundgut geordnete Gemeinschaft am Werk – kein Paradies, doch jenes beharrliche Schaffen im Dienst der Behaglichkeit bezeichnend, das zum Verweilen einlädt.

Der Fremde konnte sich dem ebensowenig entziehen wie die vom aufrichtigen Maltern-Prospekt angelockten Urlauber aus dem Norden, zumal sein Wunsch, die begonnene Annäherung an die Wagenlenkerin fortzusetzen, bereits die Abwägung seiner Aussichten bestimmte.

Das Lied, das die Malterner Gärten ihm strophenweise versprachen, fand in ihm schließlich zu jener Wirkung, für die er sich selbst anfällig gemacht hatte: Er meinte, alle Einwände, die ihn davon hätten abhalten können, das Haus der Wagenlenkerin zu betreten, als Erscheinungsweisen der zurückliegenden Krankheit erkannt zu haben, fand sich am Ende des langen Wegs zuversichtlich vor dem Haus der Alten ein, durchschritt in der Überzeugung, richtig zu handeln, den Vorhof, klingelte am Aluminiumschild neben der mit honiggelbem Nörpelglas gefüllten Tür, der winzige Lautsprecher unter dem Klingelknopf entließ ein quäkendes Ja?, er antwortete, er sei der vereinbarte Gast, drückte, auf das Summen am Türschloß hin, den bronzierten Griff und fand sich in einem engen Flur der Wagenlenkerin gegenüber, die ihre Hand noch am Öffnerknopf hielt, wenige Meter nur vom Eingang entfernt, an die weiße Rauhputzwand gelehnt, er verneigte sich, die Wagenlenkerin grüßte, wies auf die Treppe, glänzende Stufen aus grünem Marmor, Messinggeländer, fragte nach seinem Koffer, Noch im Wagen, sagte er; Sie wollen erst das Zimmer sehen, gut, sagte die Wagenlenkerin und stieg ihm voran auf ihrer feinen Treppe ins erste Geschoß, einer Serie kleiner Aquarelle, Uferansichten vom Steinsee, entlang, öffnete das Gast-Zimmer mit Dachschräge, wies auf die hinter Wellglas eigens zu beleuchtende Dusche, das Waschbecken in Avocadogrün, den Blick aus dem Kippfenster über den First des Supermarkts, Bei guter Sicht bis zum See, und ließ ihn allein mit klar lackiertem Rustikalschrank, unter die Schräge eingebautem Bett, Radioumrandung, Brokatdecke, kleinem Gasttisch auf Schrägbeinen, gespacheltem Acrylbild, Ansicht vom Watzmann, darüber – ließ ihn in dieser Falle, gelbgrüner Teppichboden, Spanplattengeruch, Bootsverleihpreise auf dem Gasttisch, zurück, als müsse er

Gelegenheit erhalten, in Ruhe zu genießen, was ihn umgab.

Er stellte sich nahe an das geöffnete Dachfenster, suchte in den Konturen der Nacht jenseits der Ortslichter den versprochenen See, fand, als seine Augen sich gewöhnt hatten, die Schwärze der Bergkuppen von der Schwärze des Himmels zu unterscheiden, in der Ferne einen metallisch schimmernden Splitter liegen, nicht größer als die Klinge eines kurzen Messers, und nahm an, nun das Beste genossen zu haben, das dieses Zimmer ihm bieten konnte.

Stand ihm nicht frei, es jetzt zu verlassen, der Wagenlenkerin ins Gesicht zu sagen, daß er unmöglich unter ihrem Dach ausharren konnte, weil ihn eine grobe Abneigung gegen Zimmer solcher Art, ja, gegen dieses eine Zimmer sogar ein nicht zu zügelnder Haß erfüllte?

Lag nicht die Stadt nur etwa eine Stunde Fahrzeit entfernt, wie ein Freiheitsversprechen, jetzt, da der Beweis geführt war, daß er die Nähe der Wagenlenkerin gesucht und ertragen hatte, daß in ihrer Nähe die *Kazett*-Schreie, die ihn nach der ersten Begegnung verfolgten, zur geringen, wenn auch absurden Begebenheit geschrumpft waren?

Leicht wäre es jetzt gewesen, sogleich die Tür zu öffnen, die Treppe hinabzugehen, sogar der wahrscheinlich in ihrem Wohnzimmer lauernden Alten die Gründe für sein Verlassen des Hauses vorzuenthalten; er war keine Auskunft schuldig, nichts verpflichtete ihn ihr gegenüber, gehörte er doch einer anderen Generation an, die unbeschwert, durch ihre späte Geburt begnadet, tun und lassen konnte, was sie wollte, er war weiß Gott nicht zuständig für das Schicksal anderer und für ihre Obsessionen, zumal es der Wagenlenkerin nicht schlecht zu gehen schien in ihrem gediegenen, häßlichen Besitz, sie konnte sich leisten, ein zweites Haus leer stehen zu lassen, er hingegen verfügte über keinerlei Werte, begütert war sie, verglichen mit ihm – unter solchen Selbstgesprächen hätte er längst das Gasthaus erreicht haben können, ein freier Mann in den besten Jahren, dem die *Kazett*-Rufe einer Greisin höchstens ein mitleidiges Lächeln entlockt hätten.

Und doch verließ er das Zimmer nicht, setzte sich auf das Bett, fühlte, wie im gleichen Maße, in dem seine Vorstellung die Abreise gestaltete, seine Fähigkeit schwand, sich zu bewegen.

Ihm schien, daß jede Minute, die er hier sitzen und sich hinausphantasieren würde, an seiner Kraft zehrte, bis gegen seine Einsicht, daß er sich sofort diesem Zimmer entziehen müsse, der Verdacht in ihm aufstieg, er plane erneut eine Flucht, und seine anfängliche Gewißheit, daß er frei sei zu gehen, unaufhaltsam zersetzte.

Das Zimmer schwächte ihn.

Er stand auf, zog die Brokatdecke vom Bett und legte sich nieder, spürte im Liegen, wie, von den Fußsohlen ansteigend, eine kühle Taubheit seine Glieder erfaßte, er sah eine Schleuse vor sich, die geflutet wurde, und erkannte sich als Schlafenden in der Flut, die sein Gesicht überstieg, sich zurückzog, ihn wieder überschwemmte im Rhythmus seines Atems, während das Wasser sich streckte, rundete, endlich zu einer kräftigen, seinen Körper übergleitenden Schlange wandelte: Ihr grün marmorierter, mit einem messingglänzenden Streifen gezeichneter Leib schob sich über ihn, behutsam, als fürchte sie, ihr Opfer zu verletzen, während sie es, seine Brust zweimal umschlingend, endgültig einfing.

Er erwachte spät vom Rattern der Gitterwagen vor dem Supermarkt und bemerkte, daß jemand ihm die Schuhe ausgezogen und ihn mit einer Wolldecke vor der Nachtkälte geschützt hatte.

Die ihm sogleich widerliche Vorstellung, die Wagenlenkerin müsse, während er schlief, das Zimmer betreten, ihn angesehen, seine Schnürsenkel gelöst und ihm die Schuhe von den Füßen gezogen, ihm die Decke übergelegt haben wie einem Kind, ließ ihn sich schütteln, er sah sich ihr wehrlos ausgesetzt, spürte ihren zufriedenen Blick auf ihn herab, sprang hoch, als könne er nachholen, woran der Schlaf ihn gehindert hatte, sah vom Fenster aus die Alte vor dem Supermarkt unten einige Einkaufswagen ineinander- und zum Laden zurückschieben.

In der Vogelperspektive verlor sich ihr bedrohlicher, über ihn gebeugter Schatten, sie war zurückverwiesen auf die verletzliche Figur, die ordnungsbesessen Nachlässigkeiten der Kunden korrigierte. Er genoß diesen Blick auf ihre lächerlichen Wege, und der Gedanke erheiterte ihn, daß ihr nie gelingen werde, endgültig Ruhe zu finden vor dem Chaos, das sie bereinigen wollte.

Zu seiner Überraschung fand sich auf dem Gasttisch ein kleines Tablett mit Frühstück und einer Thermoskanne Kaffee. Er betrachtete das Gedeck mit einer Mischung aus Abscheu und Rührung. Die Alte schien fürsorglicher zu sein, als sie von sich behauptet hatte. Auch schien ihm das Zimmer jetzt, im Licht des klaren Vormittags, weniger abstoßend, fast kam Urlaubsstimmung in ihm auf, ja, er würde frühstücken, sich dann im Supermarkt Rasierzeug und Zahnbürste besorgen, und, warum nicht, in Maltern einige Tage Ferien machen; auf ihn, den Kranken, wartete niemand, die Situation war normal, die Wagenlenkerin unleugbar ein wenig verschroben, doch ihm freundlich gesonnen, er hatte eine gute Wirtin gefunden, sauberes Quartier, frische Luft, die geeignete Gegend für erholsame Spaziergänge, alles in allem: Hätte er es besser treffen können?

III

In Maltern erzählt man sich heute, ein Fremder, der damals zur Erholung in den Ort gekommen sei, habe, nachdem er vier Tage, ohne aufzufallen, im Dorf verbracht hatte, eines Nachts durch unablässiges Schreien in den Gassen Aufsehen erregt, wobei die meisten ihn für einen unartikuliert schimpfenden Betrunkenen gehalten haben mochten, einige aber auch schwören wollen, daß er deutlich *Kazett* geschrien habe, immer wieder *Kazett,* bis seine Stimme sich entfernte und die gestörten Malterner ihre Nachtruhe fortsetzen konnten.

Am darauffolgenden Vormittag hätten Kinder diesen Fremden auf dem Hügel der drei Kastanien kniend vorgefunden, die Hände vor Kälte starr an das Kruzifix geklammert, die Stirn ans Holz gelehnt, wie tot.

Man habe den Notarzt kommen lassen, der den nahezu Erfrorenen ins Kreiskrankenhaus verbrachte, wo der Fremde angeblich rasch genesen, wegen seines beharrlichen Schweigens aber – wie einige wissen wollen – in die psychiatrische Abteilung einer Klinik in der Hauptstadt, oder, – wie andere gehört haben – in ein Sanatorium am Alpenrand verlegt worden sei.

Sechs Tage nachdem man ihn auf dem Kastanienhügel gefunden hatte, war – darin sind alle sich einig – ein Abschleppwagen aus der Hauptstadt gekommen und hatte das Auto des Fremden, das vor dem Gasthof geparkt war, entfernt.

Keinem ist erinnerlich, daß der Fremde in den vier Tagen, die er in Maltern weilte, jemanden um Hilfe gebeten habe. Die Alte, die am Gesicht ihres Gastes den raschen Verfall seiner anfangs unzerstörbar erscheinenden Selbstgewißheit hatte beobachten müssen, schwieg, wurde, da man sie im Ort nach Möglichkeit mied, nicht gefragt, ordnete, seltener als bisher, mit strengen Gesten den Verkehr vor dem Supermarkt, ging weiterhin nachmittags zum Kastanienhügel und blickte zu dem Gehöft hinüber, in dem sie ihre Kindheit verbracht hatte.

Ihr Gast war am Abend des ersten in Maltern verbrachten Tages gern der Aufforderung gefolgt, ihr in der mit Bauernmöbeln eingerichteten Wohnstube Gesellschaft zu leisten. Er dürfe sich ruhig ein bißchen in ihr gutes Zimmer setzen, hatte sie die Treppe hinauf gerufen, und bald darauf war der Fremde arglos herunter gekommen, hatte auf dem quadratischen Ahorntisch in der Eßecke einen kleinen Imbiß vorgefunden und die Frage der Hausherrin, ob er ein Glas Rotwein mit ihr trinken wolle, unmittelbar bejaht, so daß es ihr vorkam, als habe er ihre Einladung längst erwartet.

Sie hatte sich nicht zu ihm an den Tisch gesetzt, war vielmehr, während sie ihn bat, zu essen, im Raum auf und ab gegangen, mit der Bemerkung, sie brauche dies Gehen, weil es ihre Rückenschmerzen mildere.

Im Schweigen, das sich in der biederen Gemütlichkeit des Raumes festgesetzt hatte, waren die Kaugeräusche des Fremden, die sanften Schritte der Wagenlenkerin deutlich vernehmbar, Messer und Gabel durchklirrten den Raum; wieder und wieder mußte der Gast seinen Blick auf das unberührte Rotweinglas seiner Gastgeberin richten, das seinem Platz vis-à-vis stand, ein nicht zu deutender Kelch, während die Frau, wie von einem inneren Rhythmus bestimmt, das Zimmer durchmaß – gleichsam in Erwartung, daß ein Ereignis, ein Mensch einträte oder draußen ein Aufruf erginge – und im Gehen, anscheinend unabsichtlich, ihre Hand über die Stuhllehnen, die Kante der Truhe, des Tisches, den Türrahmen gleiten ließ, als versichere sie sich der Gegenwart der Dinge oder nähme von ihnen Abschied.

Der Fremde hielt dem Schweigen nicht stand, wollte aufstehen, den Raum verlassen, legte das Besteck auf den Teller, sah hoch, traf den Blick der Wagenlenkerin, konnte sich für einen ewigen Moment nicht aus ihm lösen – jene Unendlichkeit ohne Dauer, die sie, entfernt um die Länge des Zimmers neben der Küchentür stehend, als quälend empfand wie, Jahrzehnte zurück, die Augenvertraulichkeit der Folterer; so war aus dieser zufälligen Begegnung ihrer Blicke ein ihnen noch fremdes, dennoch nicht mehr zu widerrufendes Verbundensein entstanden, das beide verwirrte und dem sie nahezu gleichzeitig zu entkommen suchten; da jeder sich dem anderen ausgesetzt, hilflos fand und dies verbergen wollte, nahmen sie unverdächtige Positionen ein: Er lehnte sich, als sei ihm behaglich, zurück; sie trat zum Tisch, setzte sich, hob ihr Glas, sie tranken sich zu.

Ich bin eine alte Frau, sagte die Wagenlenkerin. Und lange hat mich niemand gefragt, wenn ich da draußen auf der Bank sitze.

Der Fremde hätte nun lediglich sinnvoll nicken müssen, er hätte zu einer Floskel greifen oder wenigstens Ja sagen können und wäre dadurch wahrscheinlich jetzt, als es noch leicht möglich war, seinem Urteil entgangen.

Zu selbstsicher, um die Bedeutung dieses Anfangs zu spüren, unterließ er den Fluchtversuch. Seine Generation weiß nicht, was sich hinter den Anfängen der Erfahrenen verbirgt, hinter diesen kleinen und stets bescheidenen Einleitungen, die immer auf Gelegenheit lauern, das ganze Buch zu öffnen, die aber zerstörbar sind durch Formeln, wie Jüngere sie sich angewöhnt haben, damit das Schweigen erhalten bleibt, das, Zäunen gleich, die Alten umstellt.

Die *Schreie* der Wagenlenkerin hatten ihn verstört, doch in ihr *Schweigen* einzutreten war ihm nicht schwergefallen, weil ihm, dem Nachgeborenen, niemand verraten hatte, daß Schreie überwindlich sind, das Schweigen aber jeden, der ihm zu nahe tritt, auch den Unbeteiligten, einfängt, und daß im inneren, redseligen Bereich dieses Schweigens der Zeitpunkt der Geburt für die Frage von Schuld oder Unschuld keine Gültigkeit hat.

Er ließ sich herbei, seiner Gastgeberin Wortraum zu gewähren, fahrlässig stimmte er zu, überhörte die Warnung, als sie ihn fragte, ob er wirklich wissen wolle, warum sie täglich auf den Kastanienhügel gehe und zu dem verlassenen Gehöft blicke; er unterschätzte ihren Willen, ihm Ehrlichkeit zu unterstellen, wähnte sich als ihr Zuhörer noch immer in Freiheit, gefeit durch die Krise, in die ihn Monate zuvor ihre *Kazett*-Schreie gestürzt hatten und aus der er bis zur Unangreifbarkeit gestärkt hervorgegangen zu sein meinte,

mutig genug, sich zu Ort und Person seiner Verwirrung zu bekennen – allem Anschein nach tatsächlich
ohne jeden Verdacht, daß seine Verstörung nur ein
andeutendes Zeichen gewesen sein könnte, und daß er
nun erst, die Krise und ihren Verlauf falsch einschät-
zend – wie ein Bergwanderer, der schwierige Steigun-
gen glücklich genommen hat, erkennen muß, daß er
denselben Weg nicht zurückgehen kann, vor ihm aber
in steilen Wänden ernste Gefahr droht –, in die Lage
geraten war, der Zersetzung seines Glückes, in Frie-
denszeiten aufgewachsen zu sein, gleichsam zusehen
zu müssen, nicht ahnend, daß damit zugleich seine
Person zerbrechen, ihr die Beine zerschlagen würden,
und er folglich, von Mißtrauen in die bisher wohlge-
ordnete Gegenwart infiziert, sein Leben nicht mehr
würde fortsetzen können, ohne sich durch die Tage zu
lügen, mit den Klängen einer Wahrheit im Kopf, die er
nicht annehmen wollte.

Die Wagenlenkerin ließ ihm freilich, ohne daß sie dies
beabsichtigt, gar geplant hätte, kaum Gelegenheit, die
Gefahr zu erkennen, in der er sich befand: Sie gestaltete den Anfang milde, sprach, stockend zunächst,
weil auch sie selbst mit dem Beginn des Erzählens ein
Wagnis einging, von einer glücklichen Kindheit, draußen, in jenem Gehöft, zu dem sie jetzt vom Kastanienhügel aus blickte wie zu einem Menschen.

Dort war sie 1916 geboren worden, in dem Jahr,
von dem ihr Vater zu sagen pflegte – und sie wiederholte seine Worte wie eine ihr eigen gewordene Überzeugung –, daß damals bei Verdun der Teufel und der
Franzose Hochzeit gemacht hätten.

Der Kindheitsidylle, mit Jahreszeiten, Landschaft
und den Tieren des Hofes ausgemalt, ließ sie eine Be-

schreibung des kleinen Weilers Maltern folgen, dessen Zentrum seinerzeit noch die auf einer Kuppe in der Ortsmitte errichtete Kirche war, umgeben vom Friedhof – jene Kirche: für das Kind ein Glücksort, wo die Farben, die Vergoldungen des Rokoko die Armut des Alltags und den Ernst der Rituale aufheiterten und das Mädchen geborgen neben der Mutter zu knien gelernt hatte, nicht sehr andächtig damals, wie sie sagte, immer aber glücklich, als könne nichts Schlechtes in der Welt sein, solange nur diese Kirche stand.

Das Gefühl dehnte sich bis in ihr Zuhause, von der Kreideschrift auf dem Türstock, Melchior, Kaspar, Balthasar, mit der jeweils zu Dreikönig erneuerten Jahreszahl, über die kleine Weihwasserschale neben dem Marienbild im unteren Hausflur bis zum Kruzifix hoch an der Wand zwischen den Elternbetten.

Ich war nie allein, sagte sie.

Sie war umhegt. Ihre Eltern schickten sie auf die Oberschule in die Kreisstadt. Einen Sohn hatten sie nicht, der den Hof hätte übernehmen können, und einen frommen Schwiegersohn in solchen Zeiten zu finden war schwierig.

Meine Mutter sagte, besser, das Mädel kriegt das Geld für einen verkauften Hof als man verkauft sie und den Hof an einen schlechten Kerl.

Ich kannte die Einsamkeit nicht. War ich traurig, weil der Vater mit der Mutter stritt und sie zwang, das Gezänk zu beenden mit einem gemeinsamen Gebet – sie knieten dann zwischen den Betten vor dem Heiland an der Wand –, war da noch immer der Stall, die fünf warmen Kühe, an die ich mich anlehnen durfte, die fühlten alles, schauten sich um und schnauften so laut, wie ich weinen wollte. Die Schule war hart, wegen dem weiten Weg hin und zurück. Es gab im ganzen

Dorf hier kein Mädchen, das mitgegangen wäre auf die Oberschule. Der Weg ging durch den Buchwald und war im Winter dunkel morgens, im Regen einsam, nur der Bub vom Bürgermeister ging mit und redete kein Wort, er ist später in Rußland gefallen. Ich wollte, Sie glauben es nicht, aber ich wäre gern eine Schwester geworden, eine richtige Krankenschwester mit dem Wissen von der Krankheit und im sauberen Kleid, und ich hätte den uralten Leuten, wie ich eins bin, jetzt, gesagt — ja, jetzt, was sag ich mir jetzt, den Trost von damals weiß ich nicht mehr, wie ich ihn mir vorgenommen hab, immer auf dem Weg, hohen Schnee gab es viel, aber auch Heidelbeeren . . .

Und fast gelangweilt hörte der nachgeborene Städter zu. Dieser Anfang traf ihn nicht. Seine neuzeitliche, horrorgewöhnte Filmhaut ohne Geschichte blieb glatt und elastisch, eine Folie, an der die mühsamen Sätze der Alten abglitten.

Mit den aufsteigenden Erinnerungen hatte sie die eigene Müdigkeit überwunden, eine zweite Flasche geöffnet und den Fremden, der schwach abwehrend die Hand über sein Glas hielt, rasch überzeugt, daß eine Lebensgeschichte, einmal begonnen, bei nur einem Glas Wein nicht zu erzählen sei.

In seinem eigenen, zwei Tage später einsetzenden Schweigen, das, wenn nicht als gesichert, so doch als wahrscheinlich anzunehmen ist, stand das Bild von der ländlichen Kindheit der Wagenlenkerin wie ein sommerlich warmer Trost in der vereisten Landschaft ihres folgenden Lebens, die zu betreten er sich hartnäckig sträubte, weil sie – eine öde und splittrige und grenzenlos verzweifelte Ebene – schräg auf einen Abgrund in ihm selbst zuführte, wo, wie er seither wußte und verschwieg, all sein Unbeteiligtsein sich verwandeln würde in Schuld.

Die Wagenlenkerin hätte ihn möglicherweise an dem kleinen Blütentor ihrer Kindheit aufgehalten, ihn nicht hindurchgeführt und ihm nicht den Ausblick auf die Strecke dahinter eröffnet, wenn sie geahnt hätte, wie leicht zerstörbar sein nachgeborenes Glück war.

Sie hätte nur eben noch berichtet vom Schützenverein, in dem ihr Vater, der nicht zu den reichen Bauern der Gegend gehörte, doch auch keiner der Armen war, immerhin die Position des stellvertretenden Vorsitzenden einnahm und im ganzen Kreis angesehen war, auch weil andere Bauern, die Felder in der Nähe der seinen und Söhne hatten, sich rechtzeitig gut mit ihm stellen wollten, um der möglichen Einheirat in seinen Hof nichts in den Weg zu legen.

Aber sie hätte schon nicht mehr das Jahr 1934 erwähnt, jene denkwürdige Sitzung des Vereins, auf der gestritten wurde um die Anbringung des Hakenkreuzes auf der Schießstätte, das man, weniger aus Überzeugung als um nicht aus der Reihe zu tanzen und um dem Gauleiter Adolf Wagner, dessen Besuch anstand, eine Freude zu machen, doch gern da gesehen hätte, groß, auf ein rundes Sperrholzschild gemalt, wogegen der stellvertretende Vorsitzende heftige Einwände erhob.

Die Wagenlenkerin hätte vermieden, ihren Vater zu beschreiben, der – ohnehin nie sonderlich wortreich – in diesem Jahr '34 schweigsam geworden war und mürrisch, der häufiger als sonst die Kirche aufsuchte, wo der Pfarrer den in den Hakenkreuzstreit verkeilten Mann zu beschwichtigen suchte.

Fast alle hatten doch schon die Fahne, einige nähten sie jetzt, und dem Heiland – so das letzte Argument

des Geistlichen – sei es gewiß gleich, ob in der Schießstätte nun ein Hakenkreuz über der Tafel mit den Namen der im Weltkrieg Gefallenen aus Maltern hinge
oder nicht. Streit sei nun einmal unbeliebt im Dorf,
und wer seine Tochter auf die Oberschule in die Kreisstadt schicke, der falle doch weiß Gott genug aus dem
Rahmen und solle sich im übrigen fügen.

Daß die Wagenlenkerin sich an dieser Stelle ihres Be-
richtes erhoben und ihre Gänge durchs Zimmer wieder aufgenommen hatte, hinderte den Fremden, sie zu
unterbrechen: In ihre Bewegung einzugreifen, kam
ihm unhöflich vor, und obwohl er jetzt spürte, daß sie
ihn aus seiner friedlichen Gegenwart abzudrängen versuchte in jene deutsche Geschichte, die mitzuverant-
worten er nie Anlaß gesehen hatte, fehlte ihm die
Kraft, zurückzuweisen, was ihn zu gefährden begann.
    Er vernahm die Worte, die sich im Schweigen der
Wagenlenkerin angestaut und über Jahrzehnte erhalten
hatten – aber er ahnte nicht, daß die laute Stille, die sie
an den Nachmittagen vom Hügel der drei Kastanien
aus über das Land schickte wie eine Strafe, auch ihn
einkreisen und zu einem stummen Schreienden verwandeln würde.
    Die Wagenlenkerin unterbrach ihre Erzählung und
hörte auf die Glockenschläge vom nahen Kirchturm.
    Elf, sagte sie. Sie werden schlafen wollen, also kurz
das Ende dieser Hakenkreuzsache.
    Der Fremde sah sie im Zimmer stehen, sah, wie sie
dem Klang des letzten Glockenschlags überm Ort
nachhorchte, sagte fahrlässig, wie die Höflichkeit
macht, er sei keineswegs müde und wolle doch gern
wissen, wie ihr Vater die Sache durchgestanden habe.
Man kenne ja, fügte er, um sich als aufmerksamer

33

Zuhörer zu empfehlen, hinzu, den Widerstand gerade der katholischen Gläubigen, obwohl er weder über Widerstand noch über Mitläufertum je ernsthaft nachgedacht und davon nur so viel erfahren hatte, wie die allgemeine Rechtfertigung zuläßt.

Widerstand? fragte die Wagenlenkerin. Nein, Widerstand habe ihr Vater nie geübt. Nur eigensinnig sei er gewesen und habe sich dem Hakenkreuz weder vor Fenstern noch an Rockaufschlägen je widersetzt. Bloß im Schützenverein wollte er es eben nicht.

Was der Pfarrer hatte vermeiden wollen, kam auf: Streit im Ort, Parteiungen, fraktionierende Absprachen, eine neue Vorstandswahl, aus der ihr Vater siegreich hervorging, nun nicht als stellvertretender, sondern als erster Vorsitzender. Das war gegen die Erwartungen, gegen die Zeit, aber es war so, und Maltern summte vor Aufregung.

In der Nacht vor der Wahl hatten Unbekannte das Türschloß der Schießstätte erbrochen und die Wände mit Hakenkreuzen bemalt, auch die Erinnerungstafel der Kriegsgefallenen besudelt, und so mit dem Zeichen der neuen Zeit die Tradition entehrt.

Das mögen Malterner Schützen nicht, und darum hatten sie, nicht aus Widerstand, sondern aus Empörung den Mann zum Vorsitzenden gemacht, der öffentlich gesagt hatte, daß die Schmierereien vielleicht unterblieben wären, hätte er rechtzeitig der Anbringung des Zeichens zugestimmt; jetzt aber sei dies das Zeichen von Einbrechern und Schmierfinken, und solange die bei Nacht und Nebel die gefallenen Kameraden in den Dreck zögen, solange werde er dafür sorgen, daß ihr Hakenkreuz nicht auch noch als Ehrenzeichen an die Wand gehängt werde. Der Beifall war einhellig.

Wenige Nächte später aber hatten dieselben oder andere Unbekannte das bei einem Tischler bereitliegende Sperrholzschild dennoch nachts in die Schießstätte verbracht, ohne daß die Tür der Schreinerwerkstatt oder das Schloß der Schießstätte Spuren eines Einbruchs aufwiesen. Als der Vorsitzende zum Schützenabend den Saal betrat, das Hakenkreuz hängen sah, lud er kurzerhand seinen Stutzen durch, schoß auf das rote Schild, traf das weiße Kreuz fast genau im Mittelpunkt seiner Balken, senkte die Waffe, sah den bleich gewordenen Vereinskameraden einem nach dem andern ins Gesicht und verließ das Schützenhaus.

Ob er eigentlich Jude sei, habe ihn beim Hinausgehen ein junger Bursche gefragt, den der Vorsitzende, mit der Bemerkung: Jude schimpft mich keiner, geohrfeigt haben soll.

Man hat ihn nicht abgewählt, obwohl er zu keinem Schützentreffen mehr erschien. Seine Frau wurde nicht mehr zum Bäuerinnenabend eingeladen, seine Tochter kam eines Freitags später als sonst von der Schule heim, weinend, wollte jedoch nicht sagen, was vorgefallen war.

Beim Malterner Maifest fehlte die Familie. Später hatte die Tochter von einer Freundin erfahren, daß einige Söhne der reicheren Bauern sie öffentlich als Preis für den Stärksten ausgelobt hatten, zwei Jungmalterner seien in SA-Uniform aufgetreten, die Girlanden über den Bierbänken seien mit den Emblemen der neuen Zeit geschmückt gewesen, der Pfarrer habe viel getrunken, sei dem Bürgermeister um den Hals gefallen, als der ihm zuliebe das Parteiabzeichen vom äußeren Rockaufschlag zum inneren umsteckte, die Blaskapelle habe den Badenweiler Marsch oft gespielt, der Lehrer habe gesagt, daß die Käthe ihm leid tue, denn das Mädel sei begabt – und er meinte die soeben öffentlich ausgelobte Tochter des ersten Schützenvereinsvorsitzenden – die Käthe sei gewiß nur darum nicht beim Tanz, weil ihr Vater ein Undeutscher sei; tatsächlich wäre sie gern zum Tanzen gegangen, gab die Wagenlenkerin zu, habe am offenen Fenster in ihrem Zimmer unterm Giebel gestanden und auf die Fetzen der Musik gehorcht, die mit den Windböen hereintrieben.

In der Stube unter ihrem Zimmer habe sie die harten Schritte ihres Vaters gehört, die halbe Nacht sei der wohl auf und ab gegangen, dann habe sie das Fenster geschlossen, die zwei Kerzen gelöscht, nein, sie habe keinen vom Ort her kommen sehen zum Hof, habe nur Poltern gehört, laute Stimmen, irgendwie Angst gehabt und sich mit dem Rücken gegen die Zimmertür gelehnt, unten sei Bewegung gewesen, Geräusche, ein fremdes Lachen, draußen dann Schritte übern gepflasterten Hof, die Stalltür, kein Geschrei, nein, nichts sei besonders laut gewesen, bis die Kühe angefangen hätten zu brüllen und mit ihren Ketten zu klirren, da endlich habe sie die Tür ihres Zimmers geöffnet, sei die Treppe hinabgeschlichen zum Hausflur, wo es elektrisches Licht gab und wo sie im abgegrenzten Schein der Lampe, der auf den Hof hinaus fiel, vier, sie sei sicher, daß es vier waren, Männer, ja ganz gewiß junge Männer, Burschen, aber kein Gesicht habe sie erkannt, noch wegrennen gesehen habe, zwei direkt aus dem Stall und zwei quer durch den kleinen Gemüsegarten vorm Haus, einer sei übern Zaun gesprungen, der andere übern Zaun gestürzt, aufgestanden, weitergerannt, und dann seien die vier, das habe sie erst gesehen, als sie selbst außerhalb des Lichtkegels von der Haustür her im nachtdunklen Hof gestanden habe, über die Felder gelaufen, zum Wegkreuz und den drei jungen Kastanien, seien da irgendwo plötzlich im halben Mondlicht aufgelöst gewesen, wie verschluckt, und immer noch habe die Blasmusik drüben gespielt, irgendwie sei ihr aufgefallen, jetzt erst, wie still es war um sie her im Hof und wie kalt, daß die Kühe aufgehört hatten zu brüllen, und sie sei zum Stall gegangen, um die offen stehende Tür zu schließen, habe bemerkt, daß die Tür gegen etwas Weiches schlug und habe zu Boden geschaut und den Fuß ihrer Mutter gesehen wie einen Klumpen Butter, die Tür wieder aufgerissen, habe ihre Mutter gesehen, weiß, verdreht liegend, habe Hallo gerufen, nur das Scharren der Kühe im Stroh, die Mutter da, zu ihr gekniet, abgetastet, gestreichelt, die reglos, und Angst und ins Haus und den Vater im blendenden Licht in der Stube, den Vater, den kleinen Vater überm Tisch, mit Bauch und Gesicht auf dem Tisch, die Beine so schief herab von dem Tisch, und immer noch kein Schrei und niemand, bloß das Licht und die Fetzen von der Musik, da sei sie weggelaufen, raus in die Felder zu der Musik, sicher, um Hilfe zu holen, ganz bestimmt nur, und wäre irgendwo da, wo die jungen Männer verschwunden waren, gefangen worden von was, von Armen, erst dankbar, daß jemand da war, aber Hände hätten ihr den Mund zugehalten, habe noch gehört, Das ist die Käthe, habe einer gesagt, und noch eine andere Stimme: Die hat's gesehen, und eine wieder andere, die Nein gesagt habe, und einen habe sie lachen gehört, dann weiß sie nichts mehr, bis sie aufgewacht sei, daß ihr kalt war, weh, auf dem nackten weichen Feld, an die Erde geklebt, aufstehen wollte, stechende Schmerzen hatte im Bauch, auf Knien und Händen zum Haus, so ein reines Frühlicht überm Dach und laute Vögel, hell, fröhlich, wie auf dem Schulweg im Sommer, aufgerichtet dann, frierend, wie aus einem Traum in einen anderen Traum, im Hof, die offenen Türen am Haus und am Stall, jetzt hätten die Kühe wieder zu schreien begonnen, und sie habe, ob er ihr das glaube oder nicht, so sei es gewesen, sie habe als erstes die Kühe melken müssen, sei über die tote Mutter gestiegen und habe gemolken, dabei die Mutter immer liegen sehn, wie es draußen hell wurde und der Morgen langsam über die Mutter kroch, habe dann erst das Haus betreten, dann erst den Vater betrachtet, habe das Haus verlassen, ganz ruhig, mit den Schmerzen im Bauch habe sie langsam gehen müssen, über die Felder, zum Dorfplatz, wo alles kalt gewesen sei, hellgrau, ruhig, die Bierseidel noch auf den Tischen und zwei, ja zwei Girlanden zerrissen herabgehangen hätten vom Geländer am Tanzboden, weiter die Hauptstraße ins Dorf, still wärs gewesen, zum Rathaus, das verschlossen war, zur Kirche, die verschlossen war, zum Gmeinerbauern, wo Licht im Stall war, die Bäuerin neben der Kuh saß, das war ein großer Stall, die hatten damals schon vierzehn Stück und heute haben sie dreißig, und habe der Bäuerin gesagt, sie hätte schlimme Schmerzen im Leib und die Eltern oben, man müsse den Arzt, dann sei sie wohl irgendwie da neben der Bäuerin und neben der Kuh umgesunken, so also sei das gewesen, damals, mit dem schönen Begräbnis hinterher für ihre Eltern und der schönen Rede vom Pfarrer für den ehrgeachteten Schützenvereinsvorsitzenden, und all den Leuten vom Ort hinterm Sarg, hoch zu dem kleinen Kirchhof; die Männer aus der Stadt, viele lange Verhöre, und wieder, und wieder, Akten und Formulare und am Ende nichts, nichts, müßten wohl Unbekannte gewesen sein, irgendwoher, Kommunisten vielleicht aus der

Hauptstadt, aber in der Stadt findet man keinen, habe man ihr gesagt, ein Volksfest macht viele betrunken, ob nicht, das Blut an ihrem eigenen Kleid wäre da so ein unsicheres Zeichen, sie selbst vielleicht nicht ganz unbeteiligt, ja, auch das hat man ihr, der Achtzehnjährigen, zugemutet, aber den Gedanken, daß ein Bursche sie besucht haben und beide von den Eltern überrascht worden sein könnten, nicht weiter verfolgt.

Der Fremde hatte versucht, der Unruhe Herr zu werden, die in ihm aufgestiegen war, während die Wagenlenkerin ihren Standort im Zimmer seit dem elften Glockenschlag nicht mehr verlassen und ihre Geschichte monoton, scheinbar ohne Atem zu holen, hervorgestoßen hatte, in einem eigenartigen, sich steigernden Rhythmus, der den Fremden körperlich erfaßte und, zusammen mit seiner kaum beherrschbaren Erregung, ein Zittern in ihm bewirkte, das er als Schwäche empfand, vergleichbar jener Ermattung, die ihn am ersten Abend in diesem Haus befallen hatte.

Da die Alte nun, tief atmend wie nach großer Anstrengung, auf ihrem Platz ausharrte, stumm, als erwarte sie von ihm, daß er zu ihr käme und sie von ihrem Ort im Zimmer wegführte zum Tisch, forschte er in sich nach einem Satz, Wörtern der Anteilnahme, fand jedoch nur eine bedrückte Stille vor, die seinen Körper ganz ausfüllte, ihn ratlos machte, zugleich den diffusen Verdacht bewirkte, daß er gegenüber dem Unglück dieser Frau, dessen volles Ausmaß ihm nicht vorstellbar war, nur noch eine Chance hatte, wenn er zu einer neuen, ihm bisher verschlossenen Haltung fände. *Demut*, das ganz und gar veraltete Wort, kam ihm nicht in den Sinn, zu trösten war er nicht befugt, und alles drängte zu dem Urteil, daß er in ein schreckliches, unschuldiges Versagen verstrickt war, in welchem sein ganzes, bisher ohne entscheidende Tiefen verlaufenes Leben zusammenzufallen und sich, bedeutungslos, aufzulösen drohte.

Er trieb, den Blick starr auf die hell gescheuerte Ahornplatte des Tisches gerichtet, auf einen seiner möglichen Tode zu. Die Wagenlenkerin, die mit langen Atemzügen aus der Erinnerung zurückgefunden hatte in den gegenwärtigen Raum, betrachtete ihn wie ein Kind, das eine Lüge vermied, indem es schwieg.

Er war ihr jetzt vollständig ausgesetzt. Sie hätte ihn foltern können, hätte lediglich ihr Leben weiter erzählen müssen, und er wäre wie einer, der noch nichts weiß von der unendlichen Phantasie der Peiniger, von Stufe zu Stufe der Qual unter ihren Sätzen vernichtet worden.

Die Macht tat ihr gut, jeder war schuldig vor ihr. Doch sie kannte auch den Genuß, der in der Dosierung der Folter liegt, in ihrer Dehnung – so gab sie ihm nur die Anweisung, er soll sich nun schlafen legen.

Der Fremde gehorchte, schien nicht einmal erstaunt über den befehlenden Ton ihrer Stimme, stand auf, verließ das Zimmer, und sie hörte, wie er langsam die Treppe hinaufging.

IV

Man sah sie am folgenden Tag wie üblich ihren Ordnungsdienst vor dem Supermarkt verrichten, vor dem die Kunden sich in schiefe Haltungen gegen den Föhnsturm einstemmten, der an den gefüllten Gitterwagen zerrte, den Hut einer Kundin vor die Füße der Wagen-

lenkerin trieb und über Maltern ein rasendes Wolken-
theater entfesselte, Riesenhände voll Wind in die Gassen warf, die restlichen, von der Schneelast befreiten
Herbstblätter des Vorjahrs in die Hauswinkel jagte
und dort zu kleinen Pirouetten aufdrehte, so daß der
ganze Ort sich in eine heiter zerzauste Stimmung ver-
setzt fand, die auch den Fremden erfaßte, der am Vormittag, nach der Einnahme des wiederum bereitge-
stellten Frühstücks, sein Zimmer nicht verlassen hatte,
vom Fenster aus die schmale Gestalt der Wagenlenkerin beobachtete, die den Böen federnd standhielt und,
wenn ein Käufer ihrer Anweisung nicht Folge leistete,
herrenlos auf dem Parkplatz kreiselnde Einkaufswagen
einfing und zur Ladentür schob.

In der Windstille des Zimmers, mit dem Ausblick
auf den eiligen Himmel überm Malterner Kirchturm,
gewann er allmählich Abstand von den Bildern des
gestrigen Abends, so, als werde ihm zumindest ein
Teil jener Gnade seiner Generation zurückerstattet, aus
der er in der Nacht noch gänzlich gefallen zu sein
glaubte, und die nun langsam wieder ihre zentrale
Wirkung – Distanz – entfaltete.

Die Perspektive aus dem hoch gelegenen Zimmer
war hilfreich, der Sturm ein allgemeines Lebenszeichen, das jeder Verantwortlichkeit enthob und Hei-
lungskräfte in dem Fremden erwachen ließ, bis jenes
Gefühl der Selbstgewißheit sich wieder einstellte, das,
auf die Tatsachen gestützt, die Vernunft in ihr Recht
setzt und den Fremden fast bewogen hätte, seiner
Gastgeberin ein aufmunterndes Grußwort hinabzu-
rufen.

Als er sie unten ins Haus zurückkehren, es bald darauf wieder verlassen sah und wußte, daß sie jetzt zum
Kastanienhügel gehen würde, zögerte er einen Augen-

blick lang, wie seine Entscheidung ausfallen sollte: Er könnte, mit einem kurzen Begleitbrief vielleicht, das Übernachtungsgeld auf den Wohnzimmertisch legen, die Haustür hinter sich schließen und zu seinem Wagen gehen, in die Hauptstadt fahren, irgendwann wieder hierher zurückkehren, dann die Wagenlenkerin als eine alte Bekannte begrüßen.

Er könnte Freunde mitbringen im Sommer, ihnen Zimmer besorgen im Haus, war er nicht bereits Stammgast, war nicht der See nah, luden die Wälder nicht zu Spaziergängen ein? Wäre es nicht verlockend, Freunden den Hügel mit den drei Kastanien zu zeigen und ihnen die Geschichte jener Frau zu erzählen, nicht so stockend wie sie selbst, ausgeschmückt, so daß der Schmuck ihm den Schein des Interessanten verliehen hätte?

Hatte er nicht häufig darunter gelitten, daß von seinem Leben ihm so sehr wenig berichtenswert schien, und war nicht das vergangene Leid eines anderen Menschen, dazu aus einer Zeit, die ihn und seine Mitgeborenen nicht mehr betraf, ein geeignetes Mittel, die Aufmerksamkeit von Freunden auf sich zu ziehen und ungefährdet, für kurze Zeit wenigstens, mit einem Abenteuer zu glänzen, dessen Hauptperson er leibhaftig vorführen konnte?

Ohne zu wissen, daß er sich unter diesen Vorstellungen weiter in die Geschichte der Wagenlenkerin verstrickte und, wenn auch unter dem scheinbar abgehobenen Blickwinkel des Nutznießers am fremden Leben, immer näher in ihr pralles Schweigen eindrang, in das sie ihn, aus ihm noch immer unbekannten Gründen, mit ihren *Kazett*-Schreien gezogen hatte, gestattete er der anderen Entscheidungsmöglichkeit schon überzeugendes Gewicht: jener, hinauszugehen zu den drei Kastanien und sich zu der Wagenlenkerin zu setzen, ihr weiter zuzuhören, von ihrem Schicksal mehr zu erfahren.

Die zwei Wege – der eine, der ihn in die Hauptstadt, der andere, der ihn zu dem Hügel geführt hätte – schienen ihm bis zur Gegensätzlichkeit verschieden. Und doch ergänzten sie sich, waren beide – der zweite als Voraussetzung des ersten – zwei Windungen einer Spirale, in deren engem Zentrum angelangt er niemandem mehr etwas mitteilen würde.

Er entschied sich, hinauszugehen zu den Kastanien, dachte sich unter das Geflecht ihrer Äste, die saftglänzenden Knospen, den blendenden Himmel, er beschleunigte seine Schritte, rannte durch die letzten Gassen am Ortsrand, als wäre die Wagenlenkerin zu verfehlen, ließ sich vom Wind den Hügel hinauftreiben und setzte sich, froh, daß er sie vorfand, neben die Alte.

Sie nickte. Sie hatte recht behalten. Doch er nahm ihr Nicken als Zeichen, daß er willkommen sei.

Über dem Gehöft, zu dem sie blickte, trieben weiße Sturmwolken dem diesigen Horizont entgegen, verflachten dort, dehnten sich östlich als faseriges Gespinst über die Hauptstadt.

Haben Sie die Berge gesehen? fragte die Wagenlenkerin. Er wandte den Kopf zurück, bewunderte folgsam die schieferblaue Kontur der Alpen über dem Malterner Buchwald, deren Rinnen, Hochtäler und Steilwände, von Schneefeldern durchsetzt, deutlich zu erkennen waren, als sei vor die ganze Breite ihrer Gipfelreihe ein Vergrößerungsglas gestellt, das sie in unwirkliche Nähe rückte.

Im Föhnlicht waren sämtliche Kontraste der Landschaft gehärtet, in eine optische Schärfe gehoben, die Tiefe, Geschichte und Traum aus der Natur entfernt hatte und nur ihre exakt begrenzte Gegenwart zuließ.

Ihr Bild fügte sich gut zu der Empfindung des Fremden, seiner Gewißheit, vernünftigen Abstand halten zu können, und hochgestimmt durch die Klarheit, die ihn und die Wagenlenkerin umgab, fragte er, ob es sie nach dem Tod ihrer Eltern in ihrem Vaterhaus noch gehalten habe.

Die Alte wandte ihm ihr Gesicht zu, das die kantigen Linien verloren zu haben schien, und schaute ihn prüfend, aber fast liebevoll an, als sei in seinen Zügen zu lesen, wieviel Qual er vertrug, bevor er sie bitten müßte zu schweigen.

Der Fremde wich ihrem Blick aus, sah zum Malterner Kirchturm. Doch die Alte entließ ihn nicht, forschte ruhig sein Gesicht aus und fand erstaunt jene besinnungslose Glätte wieder, die in der Nacht zuvor spröde und rissig geworden war. Nichts hinderte sie, erneut mit ihrer Geschichte einzudringen in die unangemessene Gesundheit dieses Gesichts, dessen Lebenslinien von keinem Schmerz Zeugnis gaben, eine unmenschlich aufnahmefähige und darum zugleich schutzlose, weiche Fläche, in die sie nun die ersten Schnitte setzte mit dem Bericht über die eigentümliche Scheu der Malterner Bürger, die sonst im Dorf für in Not geratene Nachbarn übliche Hilfe zu leisten; ja, die Felder ließen sich verpachten, weit unter Wert, ja, für drei Kühe fanden sich Käufer, die handelten kräftig, wollten zum Spottpreis auch noch die vierte, waren erzürnt, weil die vierte im Stall blieb, zu trösten fand sich kein einziger, man schien nur zu warten, daß sie aus dem Ort verschwände, mit ihr die Angst, sie könnte die Mörder erkannt haben, könnte, da sie nicht mehr verbarg, daß sie ein Kind erwartete, und ihren schwellenden Bauch stolz durch den Ort trug, eines Tags mit dem Finger auf einen der Malterner Söhne zeigen und rufen, dieser sei einer gewesen in jener Nacht, könnte den Namen schreien, und dem Namen würden drei andere nachklingen, Mördernamen und Schändernamen, Namen guter Familien, alte, ehrwürdige Namen, beleidigt von ihrem Bauch und einem Grab oben vor der Kirchenpforte, in die man sie oft eintreten sah, niemals zur Messe, stolz herauskommen sah und über die kleine Treppe herab wie das leibhaftige Unheil, das im Dorf nicht nur Angst, auch Empörung, auch den Willen wachsen ließ, dieser Schande sich zu entledigen, allein daß der Pfarrer sie noch in die Kirche einließ, war unerträglich, beleidigend, das Gotteshaus wurde befleckt, die Straßen, durch die sie ging, schienen entehrt, und als sie endlich verschwand, in die Kreisstadt, zur Frau eines ihrer ehemaligen Lehrer, dort die Tochter zur Welt brachte, behütete Wöchnerin war, da muß Maltern aufgeatmet haben, als habe die Pest sich aus den Straßen und von den Dächern gehoben.

Gerüchte setzten sich fest, das Kind sei getauft in der Kreisstadt, nein, das Kind sei gestorben, Gott hab es selig, nein, die Mutter sei mit dem Kind in die Hauptstadt verzogen, dort untergekommen in einem staatlichen Heim. Bis sie eines Morgens wieder aufgetaucht war in Maltern, das Haus ihrer Eltern bezog, ihr Kind durch den Ort trug, niemals, wie es sich gehört hätte, im Kinderwagen verborgen schob, nein, immer trug, dieses Kind, dessen Anblick die Malterner Söhne, deren Väter und Mütter, mehr und mehr fürchteten, dieses Kind, das die Augen des einen, den Mund des anderen, die Ohren wieder eines anderen zu haben

45

schien, dieses Kind, dieses Stück Blut in Malterns Gassen, das Furcht verbreitete, gegen die keine Hakenkreuzfahne half vor keinem Haus, nichts vermochte die gegen das kleine Leben, das täglich die Erinnerung wachhielt an Sünde, täglich die Ungewißheit erneuerte, ob diese Mutter, die ihr Schandkind so vorzeiglich durch den Ort trug, als habe sie keinen Grund, sich zu schämen, nicht ein Wissen in sich verbarg, das – an irgendeinem Unheilstag, den sie selbst bestimmen wolle, öffentlich gemacht – ganz Maltern aus der frohen Hoffnung jener Jahre stürzen und vielleicht vier ehrgeachtete Familien ins Unglück reißen könnte.

Ich verstehe, daß sie mich loswerden mußten, sagte die Wagenlenkerin.

Der Fremde hielt seinen Blick auf Kirche und Dächer gerichtet, deren dichtes Gefüge den Turm nun nicht mehr bedrängte, sich eher schutzsuchend um ihn gruppierte, als hielten die Häuser Schilde über sich, den Föhnglanz abzuwehren, der ihr inneres Dunkel bedrohte.

Er, den doch mit Maltern, dessen Gegenwart und vergangener Zeit nichts in Verbindung hielt, fühlte sich selbst den Häusern zugehörig, die sich gegen das Eindringen des Lichts in den vermeintlich wohltätigen Schatten der Kirche duckten.

Die Wagenlenkerin spürte, daß sie den Fremden jetzt in ihrem Dorf hatte, auf der Seite der Schuldigen, deren Drang, sich von ihr zu befreien, er nun teilte.

In seinem Gesicht hatten sich Linien eingezeichnet, die sie zu gut kannte: die Linien der Abwehr, der furchtsamen Feindschaft, der Selbstbehauptung.

Es war damals leicht, sagte sie, wie um ihn zu verlocken, gedanklich mit seiner eigenen Fähigkeit zur

Denunziation zu spielen, die er gewiß und zu Recht abgestritten hätte. Er war nie einer solchen Prüfung ausgesetzt gewesen, kannte die Versuchung nicht, um des eigenen Vorteils willen Menschen durch Verleumdung aus dem Weg zu räumen; üble Nachrede, für ihn nichts als die Würze der Bürogespräche, galt ihm nicht als Gefahr, und daß ein Volk aus freiem Willen zum Spitzel seiner selbst werden kann, konnte er sich nicht vorstellen.

In welcher Weise das Lager in Dachau seinerzeit die Besitzverhältnisse auf dem Lande geändert hatte, war ihm unbekannt. Die Wagenlenkerin schien Märchen zu erzählen, die aus dunkler Vorzeit aufstiegen, wo es genügte, daß irgend jemand irgend jemandem gegenüber den Verdacht äußerte, sie habe da, allein auf ihrem Hof, irgendwelchen Leuten irgendwann Unterschlupf gewährt; Leuten, die auf der Flucht waren, wußte bald schon der dritte Jemand; daß da Kommunisten übernachtet hatten, der vierte, der fünfte hatte bereits gehört, daß ihr Bauernhaus eine Station war für die letzten, noch nicht in Dachau eingelieferten Politischen auf ihrem Weg in die Schweiz, bald wußte ganz Maltern Bescheid über die heimlichen Verbrechen der »roten Käthe«, die zwar, wie die meisten in Maltern, das Grüß Gott anstelle des verlangten Heil Hitler beibehielt, wahrscheinlich jedoch zur Tarnung, denn Gott hatte mit den Roten wohl nichts zu schaffen, weshalb die Käthe, das fügte sich, auch nicht zur Messe kam, wenn auch zur Beichte ging, Verstellung erneut, obwohl der Pfarrer sich nichts einreden ließ, auch nicht widersprach, sich auf's Beichtgeheimnis berief, doch die verschworene Volksgemeinschaft kennt kein Geheimnis, wer nichts zu verbergen hat, muß keine Fragen fürchten; und war die Berufung des Pfarrers auf das Geheimnis der Beichte nicht Hinweis genug, daß es irgend etwas zu verschweigen gab? War auf den Pfarrer Verlaß, wenn er sagte, die Käthe tue nichts Unrechtes, und doch gegen den Judas predigte, obwohl der Judas heimlicher Held dieser Zeit war?

So gebar der Wunsch die Vermutung, die zur begründeten Annahme geriet, diese zum protokollierten Verdacht, der von Schreibtisch zu Schreibtisch eilte, in die Hauptstadt, wo die Sorgfalt wütete und schwammige Hinweise zu Tatsachen umschrieb, aufgrund derer ein Eingreifen möglich, ja unumgänglich wurde, auf dem Boden der Gesetze selbstverständlich, bis ganz ohne Willkür nachts das Kommando im Hof stand, die Limousine, zwei Herren, eine Dame, die der Käthe sagte, sie brauche außer dem Mantel nichts mitzunehmen und nicht ihre Tochter zu wecken, für das Kind sei gesorgt, morgen schon werde sie zurück sein in ihrem Zuhause.

Sie hatte sich nicht gewehrt. Nicht gegen die Fragen. Nicht gegen die Schläge. Sie hatte mehrfach nach ihrem Kind verlangt und die Auskunft erhalten, die Kinder lägen dem Führer besonders am Herzen, und die Beamtin, die zurückgeblieben sei, kenne sich mit Kindern aus.

Was weiß man vom Lager, sagte die Wagenlenkerin, deutete nach Norden über das Walcher Moor, auf das sich die ersten Schatten des späten Nachmittags schoben.

Sie schien nicht bereit, noch einmal heraufzuholen, was mit den Jahren in ihre Träume gesunken war und von dort, unerreichbar in ihr angelegten Intervallen folgend, noch immer aufschäumte als blutige Fontänen, denen sie schreiend ins Halbwache entkam, wo sie die kalten Bilder erwarteten, in denen der Tod zur Nebensächlichkeit vervielfacht war.

Sie nannte dem Fremden nur die Stationen: Dachau –

dort ihr großes Glück, nicht der Bordellbaracke zugeteilt worden zu sein –, dann das Frauenlager Gotteszell bei Gemünd, dann Ravensbrück.

Sie habe sich gut geführt, sei den Aufseherinnen als geschickt aufgefallen, habe sich ferngehalten von Querulanten und Volksverbrechern, sei für ihre Baracke verantwortlich geworden, mit Kapo-Aufgaben betraut, endlich, weil sie einmal von ihrem Berufswunsch Krankenschwester gesprochen habe, zur Betreuung der Frauen eingesetzt worden, an denen Professor Gebhard in Ravensbrück seine Versuche unternahm.

Sie habe die zerschnittenen Beine der Frauen gesehen, den Eiter, habe erfahren, wie die Wunden, Entzündungen, Geschwüre herbeigeführt worden waren, meist an Polinnen, immer an den schönsten.

Man lernt, ihnen das Schreien abzugewöhnen, sagte sie. Man unterhält sich mit ihnen über Kinder. Man hat selbst ein Kind und weiß nicht, wo es ist. Und der Professor erklärt, die Frauen würden alle geheilt mit Sulfonamid, aber sie wurden nicht geheilt, immer nur kränker gemacht, und wenn eine weg war über Nacht, war mittags schon Ersatz da, eine mit hübschen Beinen, denn häßliche Beine hielt der Professor nicht aus, seine Arbeit ist schwer genug gewesen, da hat man ihn schon verstanden und ihm das hübsche Bein auch gegönnt. Und es festgehalten.

Der Fremde schrie und war überrascht von seinem Schrei, der irgendwoher aus ihm zu kommen schien, einer ihm ganz und gar unbekannten Gegend in sich selbst entstiegen, als hätte ein anderer geschrien, der in ihm, bisher verborgen, bereit gelegen und jetzt, erst oder erneut, geboren worden sei und dessen Schrei sich durch den großen, ihn umgebenden Körper den Weg zur Kehle des Fremden gebahnt hätte, ihr entsprang, so rasch, daß er, bevor er zu hören war über der Landschaft, nicht wahrgenommen, nicht zurückgehalten, nicht zwischen den Lippen gefangen werden konnte – ein hoher, irrer Ton aus dem unverzerrten, verblüfften Gesicht des Fremden, der sich sogleich entschuldigte.

Man muß nicht schreien, sagte die Wagenlenkerin. Es ist besser, man ist still.

Im Februar 1944 war sie zurücktransportiert worden nach Dachau, dann ins Außenkommando Burgau, hatte in der Firma Kuno, einem Rüstungsbetrieb für Messerschmidt Augsburg, gearbeitet.

Das war leicht, sagte sie. Und wenn einen grade keiner schlug und der Hunger nicht zu hart gebissen hat, und wenn das Schwindelgefühl im Kopf die Hände leichter gehen ließ, war es eine friedliche Arbeit. Nur ein paar Wochen. Dann wieder Dachau. Das war ein großes Lager geworden, mit vielen von überall her, vom Osten und werweißwo, die Toten haben sie in den letzten Tagen nicht mehr weggeräumt. Einfach liegen gelassen, obwohl es dafür eigentlich nicht kalt genug war Anfang April.

Der Fremde horchte noch immer seinem Schrei nach, der, von den Föhnböen zerfetzt, auf die Hauptstadt zutrieb und dort, so verdünnt, daß niemand ihn wahrgenommen hat, an die Hauswände und zahlreichen Kirchen und Bürotürme stieß, in Straßen fiel, auf Autodächer, spurlos, überrollt und von den wenigen, die eine Störung ihrer Wege wahrzunehmen meinten, als Irrtum abgetan.

Er senkte den Kopf, als könne er von außen den anderen in sich auffinden und ihn betrachten. Tatsächlich bildete sich vor seinen Augen ein verkleinertes Abbild seiner selbst, das er, während die Alte neben ihm auf die Dächer von Maltern ihr Schweigen ausschickte, als winzige, verkrümmte, magere Gestalt zu erkennen meinte, der kein Schrei mehr zuzutrauen war. Er sah sein verdorrtes, andersgesichtiges Selbst in seinem Schoß liegen und sterben, Körper von einem Foto, namenloser Fremder, der ihn in zurückliegenden Jahren aus einem Buch, einem Film, einem dieser zahllosen entlastenden Beiprogramme seiner Erziehung angeblickt hatte und ihn jetzt, auf dem Kastanienhügel vor Maltern, um seinen Namen bat.

Es kann sein – niemand weiß dies –, daß er noch immer Kraft genug besaß, diesem winzigen Fremden seinen Namen zu verweigern.

Geübt, Leute, die außer sich geraten, zur Ordnung zu rufen, hatte die Alte ihn am Arm genommen, von der Bank hochgezogen, ihn wie einen Häftling untergegriffen, lächelnd, weil sie sich seines Geständnisses gewiß sein konnte, und ihn durch den müden Nachmittag in den Ort geführt, wo mancher in den Straßen sie anzusehen vermied, zu ihrem Haus, hatte dem Geschäftsführer des Supermarkts, der gerade die letzten herumstehenden Wagen zusammensteckte und die Raupe in den Laden zurückschob, zugenickt wie einem Verbündeten, hatte den Fremden die grüne Treppe hinaufgeleitet, ihn aufs Bett gleiten lassen, ihm die Schuhe ausgezogen, ihn zugedeckt, das Licht gelöscht, die Tür vorsichtig geschlossen und war, ihres Opfers sicher, laut auftretend die Treppe hinabgegangen in ihr gutes Zimmer, hatte vor den mit Nadeln an die Wand gesteckten Postkarten – Grüße ihrer Tochter von überall her – gestanden und sich die Erdteile vorgelesen, genickt, *Gut* gesagt, jedesmal *Gut, Gut,* denn Entfernung war ihr die sicherste Nähe.

V

Der Fremde erblickte die Stille.

Die Stille war hell.

Sein erster Gedanke: Sonntag.

Als er sich im Spiegel über dem Waschbecken betrachtete, konnte er sich nicht auf den Namen dessen besinnen, den er sah.

Mitleidig wusch er den Fremden, rasierte ihn, fand ihn akzeptabel.

Zum Frühstück brachte ihm eine alte Frau, die er nie zuvor gesehen zu haben meinte, eine Tasse Bouillon. Die Alte mit dem unbekannten Gesicht verließ lautlos das Zimmer.

Er fand auf den Fettaugen der Brühe vielfache Spiegelungen seines Gesichts, trank seine Gesichter, legte sich wieder auf das Bett, wo sein zwergenhafter Bruder, dessen Name ihm ebenfalls fremd war, sich an ihn schmiegte, in seinem Arm ruhte, sehr leicht.

Ekel überfiel ihn. Er schüttelte den Kleinen von sich, hörte die Knöchelchen auf dem Tisch klappern, nahm sich vor, das Zeug am Nachmittag einzusammeln, in den Papierkorb zu werfen und mit der Zeitung zuzudecken.

Um das Zimmer war ein hoher Zaun gespannt, blinkender Draht, der vertrauenerweckend summte. Von zwei Holztürmen herab dirigierten große Mütter das Drahtlied. Dazwischen ein Tor, durch das der Fremde nun ging, um die Post auszutragen. Es waren auch Zahnbürsten in seiner Ledertasche und ein kleiner Mantel für seinen Bruder. Aber wo in all diesen Häusern fand er den Bruder? Die Häuser hatten jedes dieselbe Frisur. Jetzt stieß – es war ja Frisierzeit – das Scheren-Geschwader vom Himmel herab, und aus den aufspringenden Haustüren rollten zerschnipselte Körper. Wo war sein Bruder?

Die Scheren stiegen auf, ordneten sich, schwenkten ab. In der Mitte der Lagerstraße kam eine Kompanie weißgekleideter Schwestern daher, jede schob vor sich einen Einkaufswagen voller Beine, Wagenladungen schöner Beine zwischen den Baracken durch, ratternd, klirrend.

Der Fremde grüßte, als hinter den Schwestern die Sonne hell durch die Wolken brach und ihn blendete – es ist spät, sagten die Schwestern, Sie haben lange geschlafen, sagte die Wagenlenkerin, stellte das Frühstückstablett auf dem kleinen Tisch unter der Acrylansicht vom Watzmann ab, zog sich zurück.

Das Zimmer war vom Vormittagslicht angenehm warm erleuchtet.

Der Fremde lächelte über den Alptraum und verwendete seinen ersten Gedanken daran, daß er beruhigt vor das Waschbecken treten und in den Spiegel sehen dürfe: Er war in die neue, die bessere, ganz andere, glückliche Zeit erwacht, in der auch das Schicksal der Wagenlenkerin sich zum Guten gewendet haben mußte.

Sie konnte ihm, da ihr Bericht in den ihm vertrauten Nachkriegsjahren angekommen war und von nun an parallel zu seinem eigenen Leben verlief, mit keinem Schrecken mehr aufwarten. Zweifellos hatte er die zweite Krise leichter überwunden als die erste und durfte vor sich selbst als gerettet gelten.

(Dies ist der schädlichste Irrtum, den die Gnade der späten Geburt bereithält: daß sie die neue Zeit als magische Überwindung des Dunkels ausgibt und der Gegenwart das Recht zuspricht auf eine Zukunft, die gesetzmäßig bewahrt sei vor dem Grauen, das der Vergangenheit anhaftet. Sie wiegt in dem Glauben, kommende Tage müßten noch glücklicher sein als gegenwärtige, da die Jetztzeit ebenfalls ein besseres Gesicht vorweise als die untergegangene, von der die verzerrten Züge ihrer Todesmaske uns künden, wie gut es sei, nicht als der eigene Vorfahre geboren worden zu sein.)

Der Fremde lag ganz im Glück. Wiederum war er befreit, fand seine Rückkehr nach Maltern, nun, nachdem er die düstere Geschichte der Alten durchgestanden zu haben glaubte, höchst gerechtfertigt und hatte das Gefühl, er müsse nur still liegen, auf seinem Bett im durchsonnten Zimmer, brauche sich nicht zu bewegen, da die Bewegung zum Besseren ohnehin auf ihn zukommen werde, und so versuchte er nichts, prüfte nicht seinen Körper, der ruhig lag und leicht war, reglos, wie die Wagenlenkerin ihn antraf, mittags, als sie von ihrem Ordnungsdienst zurückkehrte, das Frühstück unberührt vorfand, den Gast ermahnte, der ihr heiter entgegnete, er habe keinen Hunger und keinen Durst.

Ich werde Ihnen eine gute Brühe machen, sagte die Alte, brachte bald darauf die Tasse Bouillon an sein Bett, richtete den Bewegungsunlustigen auf, stopfte Kissen unter seinen Rücken und flößte dem Gast, dessen Erschöpfung ihr verständlich war, das heiße Getränk ein.

Er ließ willig mit sich verfahren, nahm als Zeichen seiner endgültigen Genesung, daß er keinen Ekel mehr vor der Nähe der Alten empfand und ihrer Fürsorge zugeneigt war wie ein Gesundender, der in der Gewißheit lebt, daß es nur noch weniger, letzter Handreichungen bedarf, bis er geheilt aus der Obhut entlassen und in die Teilnahme am Alltag zurückgeschickt werden könne.

Die Wagenlenkerin stützte seine Erwartung durch eigene Gelöstheit, lachte mit ihm über den Geschäftsführer des Supermarkts, der wie ein Herr Doktor daherkomme im täglich frischen Weißkittel, bestätigte ihm die anhaltende Föhnstimmung draußen und päppelte derart die Laune ihres Opfers bis zu einem Grad der Empfänglichkeit, in dem sie es erneut verletzen durfte.

Sie brachte ihm Zigaretten, zeigte ihm einige Fotos und Postkarten ihrer Tochter, welche zuletzt, ein halbes Jahr zurück, aus einem indischen Bundesstaat geschrieben hatte, war sich mit dem Fremden einig, daß Jugend in der Ferne Erlösung suche, wie ja auch Kindern schon das Essen bei den Nachbarn stets besser schmecke als zu Hause.

So saß die Wagenlenkerin plaudernd am Bett ihres Gastes, beide ohne Schwere, als er sie bat – und wie leicht, wie ahnungslos heiter sprach er es aus! –, doch fortzufahren in ihrer Geschichte, da noch die Wegstrecke fehle vom Ende des Krieges bis heute.

Sie besah sich den Fremden gut, fand, daß er bereit lag für die letzte Verwundung, die ihn endgültig zum Bundesgenossen, vielleicht sogar Teilhaber ihres Schweigens verunstalten würde, erhob sich, trat ans Fenster und sagte, der Blick von hier aus über den Ort bis zu dem schmalen, glitzernden Streifen des Steinsees sei ganz ähnlich jenem Blick aus dem Dachzimmer ihrer Jugendzeit, dieser, allerdings weiteren Aussicht, deren Bild sie all die Jahre in den Lagern in sich getragen habe.

Sie habe damals über merkwürdige Umwege von einer ihr ganz fremden Person erfahren, daß ihre Tochter nicht in eines der Heime verbracht worden war, sondern in Maltern gütige Aufnahme gefunden hatte, und habe darum in der Beruhigung gelebt, ihr Kind sei aufgehoben in der Heimat, erwarte sie dort, sehne sich nach der Mutter ebenso wie sie selbst sich nächtens in die kleinen Umarmungen geträumt und immer wieder bemüht habe, das Wachstum der Tochter zu bebildern, die nun, als die Schrecken sich neigten, zehn Jahre alt sein mußte.

Da war dann mit einemmall Unruhe unter der Lager-SS, munkelte man von einem Befehl, Dachau zu räumen.

Der Amerikaner stieß auf Landsberg vor, zuerst wurden am 23. April zweitausend Gefangene nach Emmering getrieben, dort auf die Bahn verladen, von da an täglich Aufstellungen, Abmärsche, am 24. viertausend, tags darauf dreitausend, noch immer zu Bahnstationen, die Käthe war nicht dabei, am 26. ordnete sie sich ein in den Fußmarsch der siebentausend, es hieß, man führe sie nach Wolfratshausen oder nach Tölz.

Und man führte uns wie eine Schafherde, sagte sie, die SS-Truppen, ihre Hunde, es waren scheußliche Tage, eiskalter Regen und Graupel, wir hatten die Decken mitgenommen, hielten sie uns über den Kopf, bald warf mancher sie weg, weil er das Gewicht der nassen Decke nicht tragen konnte. Viele, die sich fallen ließen, wurden niedergeknüppelt, totgetreten, auch Frauen, Russinnen, Polinnen. Wer sich seitwärts schlagen wollte in Feldwege, hinter Büschen Zuflucht suchte, wurde erschossen.

In den Dörfern, die der endlose Zug durchquerte, standen einzelne gute Bürger und erschraken beim Anblick der wankenden Kolonnen, einige brachten Wasser, Brot an den Straßenrand und wurden von den Wachleuten zurückgejagt.

Ohne Erklärung teilte ein Trupp SS uns ab von dem Hauptweg, ich sah, daß wir nach Westen liefen, wußte nicht, was sie vorhatten, wir lagerten nachts in einem Waldstück, bei Etterschlag irgendwo, und ein junger SS-Mann sagte mir, am Morgen würde ein Trupp mit einem Maschinengewehr kommen, da sollten wir alle niedergemacht werden. Er könnte es einrichten, daß ich mich mit ihm davonmache vor Sonnenaufgang, ich sollte ihm nur bezeugen, später, vor dem Ami bezeugen, daß er mich gerettet hätte. Ich lachte ihn aus. Uns alle, wir waren vielleicht vierhundert, fünfhundert, soll er retten, hab ich gesagt, dann hätte er genug Zeugen, aber das Bübchen war wohl kein Held, lief allein fort in der Nacht, wir hörten Schüsse.

Noch immer sah sie hinaus auf die Malterner Dächer.

Ich wollte hierher zurück, sagte sie. Wenn ich das nicht gewollt hätte, dann wär ich gestorben an der Kälte oder am Hunger oder einfach an der Müdigkeit.

Es sei ihr gelungen, vor Morgengrauen sich wegzurollen von den anderen, unter ein Gebüsch zu kriechen, weiter zum Waldrand, wo sie in einen Haufen von Windholz, das Sammler sich aufgeschichtet hatten, gekrochen und unter den Ästen eingeschlafen sei.

Später hatte sie bei einem Pfarrer Unterschlupf gefunden, auf dessen Dachboden bereits eine zerlumpte Häftlingsgesellschaft versammelt war, die er versorgte. Aber noch gab es SS-Streifen, die vor allem Pfarrhöfe durchsuchten, und so mußte sie von dort, rechtzeitig gewarnt, wieder fliehen, erreichte in einem Tag das Walcher Moor, verbarg sich die Nacht zwischen Schilf und Birkenstocket, bis sie Panzer nahen hörte, sich aus dem Moor zur Straße schleppte und, an die Böschung geduckt, die Befreier an sich vorüber ließ, die in Maltern einfuhren, ohne einen einzigen Schuß abzugeben, den Bürgermeister mitnahmen und den Frieden hinterließen.

Sie war, unendlich hungrig, in diesen Frieden gestolpert, auf der Straßenmitte hinein in die steife Unsicherheit Malterns, noch hingen die Bettlaken aus den Fenstern, staute sich in den Häusern der angehaltene Atem, überm Eingang des Gasthofs ein Pappschild ›Welcome, Friends‹.

Sie hatte die Tür des Gasthofs offen vorgefunden, der Altwirt fegte die Gaststube.

Nicht anders als herzlich könne sie ihre Aufnahme im Ort nennen. An den Stammtisch genötigt, habe sie alles auf sich zukommen lassen dürfen, Brot, Wurst, Schnaps, Bier, die Gmeinerbäurin und den ihr unbekannten jungen Pfarrer; die Luberbäurin und die Magd vom Zirl mit einer halben Kanne Milch, ihr unbekannte Frauen und der Schroberpaul, der ein blödes stummes Kind gewesen war, seien gekommen, freundlich er, mit seiner Mundharmonika, ein junger Mann jetzt und immer lachend.

Der Paul, sagte sie. Den haben wir dann einundsechzig ins Grab gelegt, er hat im Weizen vom älteren Schanzbruder geschlafen und ist vom Mähdrescher zerschlagen worden.

Damals hatte der Paul Musik gemacht im Gasthof, wohin sie alle gekommen waren, um ihr zur Befreiung

Glück zu wünschen – wieviel Sorgen hatten sie sich doch gemacht, nun aber sei der ganze Schrecken vorbei, und daß sie, gerade sie, wieder da sei, wär' doch das Beste am neuen Frieden: Iß nur, Käthe, trink, daß du wieder zu Kräften kommst.

Aber die Käthe hatte, als die Gaststube gefüllt war und der Altwirt Schnapsgläser ausgeteilt hatte, dem Schroberpaul das Harmonikaspiel verboten und, mühsam stehend, mit beiden Händen, die zitterten ihr, sich auf den Tisch stützend, erst allen gedankt, dann, als schon heraus war, daß sie jetzt etwas fragen müsse, in die versickernden Stimmen hinein plötzlich sich nicht mehr getraut, von ihrem Kind zu sprechen, wie sie es sich vorgenommen hatte, sondern gefragt, ob das Hakenkreuz noch in der Schießstätte hänge, worauf allgemein jeder erleichtert und laut bekundete, das Schandkreuz sei lang schon verschwunden, seit vorgestern abend bereits gebe es keins davon mehr in der Gemeinde, auch die ganz kleinen sind weg, hatte die Gmeinerbäurin gerufen und Lachen und Beifall geerntet.

Als der sich beruhigte, die Käthe immer noch stand, bis auch der letzte Glanz des ängstlichen Frohsinns herabgesunken war und eine dumpfe Stille aufstieg zwischen den Tischen, aus der heraus alle im Raum ihre Augen auf die Käthe richteten, weil, wie sie spürten, die eigentliche Frage noch ausstand, fing der blöde Paul an, wie wild in seine Mundharmonika zu blasen – einen Walzer, sagte die Wagenlenkerin.

Einen Walzer, der niemanden erlöste.

Sie selbst habe starr dagestanden, Aug in Aug mit den andern, und in allen Augen Angst. So lang sei der Walzer ihr vorgekommen, daß man eine Ewigkeit dazu hätte tanzen können.

Sie habe das Feld wieder vor sich gesehen, in der Nacht vor über zehn Jahren, die Dorfmusik wieder gehört, die Hände und Arme wieder gefühlt, die sie damals eingefangen und festgehalten hatten; es sei ihr gewesen, als hielten dieselben Hände ihr noch immer das ganze Gesicht zu.

Bis die Zirl-Magd dem Paul die Mundharmonika von den Lippen gezogen und laut gesagt hat: Das Kind ist bei uns, der Bauer hat das Kind gut gefüttert und hat es nach dir genannt, Käthe, es ist gesund, es arbeitet fleißig, es ist wie ein eignes gehalten worden, du kannst es sehn.

Die Wagenlenkerin wandte sich vom Fenster ab, dem Bett zu, in dem ihr glücklicher Gast lag, mit zufriedenem Ausdruck, die Bouillontasse auf seinen Bauch gestützt.

Dem Fremden fügte sich die Geschichte jetzt ins Lot, die Zeitzeichen standen auf Freude, Wiedervereinigung von Mutter und Tochter, sein Film wollte Tränen und Lachen und Wärme am Ende.

Ein gnädiges Schicksal lenkte die Menschenströme der angebrochenen Zeit, und wo tragische Bestimmung gegen die Harmonie verstieß, war noch immer Trostflagge gesetzt, Aufbruch und guter Wille, Butterzeit nahte schon, Trauerflor erwarb neben Würde neue Eleganz, die Gnade bewahrheitete sich auch an denen, die an ihr nicht teilhaben konnten und, aus der gnadenlosen Zeit in die gnädige hinübergleitend, jetzt gleichfalls eingemeindet wurden in jene neue Ordnung der Welt, die allen Verwerfungen ihre frischen Räume für Geborgenheit entgegenhielt.

Er lag ganz in der Blendung, die seine frühen Jahre als Schicksalsbewältigung ausgegeben hatten, bereit, die Wagenlenkerin – die sich im selben Moment entschied, ihn endgültig zu zerstören – aufzunehmen in die wissenlose Gemeinschaft seiner Generation, die so unschuldig war, daß sie immer nur siegte, ungefährdet, ungeprüft, fraglos im Recht.

Mochte die Wagenlenkerin, die sich zu dem grenzenlos Nachgiebigen an die Bettkante setzte, auch auf ihrem tragischen Schicksal beharren, sie würde ihm dennoch am Ende zugeben müssen, daß eine bessere Zeit der schlimmen gefolgt war.

Sie sei der aus der Gaststube laufenden Zirl-Magd gefolgt, hinter ihnen her die andern, der ganze Zug sei hinaufgegangen zur Kirche, dort rechts die Straße zum Schulhaus, über den Schulhof hinab, nach links zum Zirlhof gelaufen, da habe sie ein Mädchen stehn sehn, im Stall bei den Kühen, wie sie selbst gern bei den Kühen gestanden hatte als Kind, sie habe die Zirl-Magd fragen müssen, ob das Mädchen mit der hohen Stirn und den Zöpfen und das ganze Gesicht voll rötlicher Sommersprossen, ob das ihre Tochter sei, die Zirl-Magd habe genickt, die Frauen hätten sich in die Stalltür gedrängt, das Kind habe ruhig geschaut, nicht ängstlich und nicht froh, sich nicht von der Stelle gerührt, auch sie selbst sei irgendwie steif gewesen und kalt, hätte gern die Hand ausgestreckt, etwas gesagt, aber die Arme seien ihr so taub gewesen, der Mund so zu, und hinter ihrem Rücken habe sie die Weiber heulen gehört.

Der Fremde wünschte die Begegnung anders, wollte vom glücklichen Kind, von raschem Lauf, fliegenden Zöpfen, Umarmung hören, fand ungerecht, daß die Wagenlenkerin ihm die Wahrheit vorenthielt.

Was befugte sie, ihn zu quälen, von einem schwierigen Jahr zu sprechen, in dem das Mädchen mit der Mutter kaum ein Wort wechselte, nie lächelte, nicht einmal aufsässig war, zuweilen nur – wenn es sich unbeobachtet glaubte – die Frau gleichen Vornamens, die sich ihre Mutter nannte, betrachtete, mit einem der Mutter unerklärlich sanften, dennoch kühlen Blick, ohne daß irgendeine Regung in dem klaren Gesicht auf ein Gefühl, Zuneigung oder Abwehr, gedeutet hätte, so daß der alte Zirl einmal fragte, ob man das Kind nicht zu einem Arzt bringen solle, denn es sei, wie er sich ausdrückte, nicht in der Natur, daß zwischen Tochter und Mutter das Blut stumm bleibe.

Es blieb nicht stumm, rief der Fremde. Ihre Tochter hat Sie geliebt, sie wußte nur nicht, daß es Liebe war, was sie fühlte. Aber das lernt sich und wächst mit den Jahren, nicht wahr?

Die Alte lachte leise. Sie bemerkte, daß die Hände ihres Gastes zitterten, nahm ihm die Tasse ab und sah jetzt, daß seinen ganzen Körper, von den Füßen in Wellen ansteigend, ein leichtes Schütteln durchlief.

Sie brauchen einen Kaffee, sagte sie, stand auf, wandte sich zur Tür, wiederholte in der Tür noch einmal: Sie brauchen Kaffee, kommen Sie herunter zu mir, hier liegen Sie doch bloß herum.

Und er hörte, wie sie langsam, als sei sie erschöpft, die Treppe hinabging.

Das Zittern verstärkte sich, weckte zugleich Widerstand in ihm. Er zwang sich, aufzustehen und seine Kleider anzulegen.

Sein Gesicht im Spiegel erschrak über ihn; er verleugnete sich; den bleichen Kopf, unrasiert, mit wirrem Haar, erkannte er nicht als den seinen an; das waren nicht seine Augen, die ihn angestrengt suchten, unruhige, fiebrig glänzende Augen, tief in verschatteten

Gruben; diesen kraftlosen Mund hatte er nie zum Sprechen gebracht. Er strich sich die Haare zurück und entblößte im Spiegel seine gelbliche Stirn, die ihm wie blanker Knochen erschien; er riß sich los von dem Bild, stürzte auf den Gang, hastete die Treppe hinunter.

Sie werden mir jetzt die Wahrheit sagen! schrie er ins gute Zimmer der Wagenlenkerin, die Wahrheit!

Ja ja, antwortete sie ruhig aus der Küche. Setzen Sie sich nur an den Tisch.

Die Sonne hatte sich bereits hinter das Dach des Supermarkts gesenkt, das seinen breiten Schatten auf die Fenster der Wohnstube warf und die Eßecke in verfrühte Dämmerung tauchte, aus der die weiße Ahornplatte des Tisches als fahles Quadrat leuchtete.

Die Alte stellte Kaffeekanne und Tassen darauf, setzte sich, schenkte dem Fremden ein.

Die Wahrheit also, fragte sie, und er nickte, bittend, wie ein Kranker bereits, der nur Erlösung von seinen Schmerzen verlangt und sich einstimmt auf den Abschied von seiner lange aufrechterhaltenen Hoffnung, geheilt zu werden.

Sie ahnte, daß, was er sich wünschte, jenseits der Wahrheit lag; daß sie mit ein wenig Lüge ihn aufrichten und in die Gnade seiner Unschuld zurückgleiten lassen könnte.

Er würde niemals verstehen, warum sie ein Opfer brauchte und was ihn geeignet sein ließ, an die Stelle anderer zu treten, die ihr unerreichbar geblieben waren.

Jetzt, nahe vor dem Ende ihrer langen Mühe der Vernichtung, spürte sie, daß der Weg, den sie ihr Opfer geführt hatte, auf den Gipfel, von dem es hinunterzustoßen nur noch einer geringen Anstrengung bedurfte, an ihren Kräften gezehrt hatte. Sie war müde geworden und vollzog, die Erfüllung ihrer lebenslangen Rachepläne vor Augen, ein Ritual, das, ohne wahre Befriedigung zu verheißen, die Ordnung ihrer Welt wiederherstellen sollte. Der Fremde war ein beliebiges Opfer wie die Tausende, denen sie begegnet war in den KZs, sein Leben bedeutete ihr nichts, der einzige Zweck, den seine Existenz haben konnte, war, daß er nach dem letzten, leichten Stoß, dessen er noch bedurfte, ihr als Beweis der Gerechtigkeit gedient haben würde.

Sie entschied sich, kurzen Prozeß zu machen und jene bessere Zeit, in deren Besitz er sich wähnte, mit wenigen Sätzen zu widerlegen.

Also die Wahrheit, sagte sie, fuhr sich langsam mit der rechten Hand durchs Haar, schloß sie gleitend und zog derart ein dünnes Bündel gelöster Haare heraus, betrachtete es, streckte den Arm, öffnete die Faust und ließ die Haare zu Boden sinken.

Der jüngere Zirl-Sohn war schon ein Jahr nach ihrer Rückkehr heimgekommen aus englischer Gefangenschaft, der ältere noch interniert bei den Amerikanern.

Es bedurfte keines umfangreichen Geständnisses: Sie wußte, als der junge Zirl ihre Tochter ansah, daß er einer der vier Burschen war, die damals ihre Eltern erschlagen und sich dann an ihr vergangen hatten.

Der alte Zirlbauer hatte vergeblich versucht, seinen Sohn am Reden zu hindern. Es war Abrechnungszeit. Sie hatten zwei Tage nach seiner Rückkehr bis in die Nacht in der Stube gesessen, darauf geachtet, daß das junge Mädchen, dessen Vater er möglicherweise war, nicht lauschte, und der alte Zirl hatte immer wieder betont, man könne alles ins reine bringen, auch und gerade die Jugendsünden.

Seine Geschäftsmäßigkeit war ihr nicht unangenehm, sie wollte die Namen der übrigen Täter – dann werde man sehen.

Aber der Zirl-Bub gab nur einen preis, den er ohnehin nicht verschweigen konnte. Jeder in Maltern wußte, daß er seinerzeit nichts ohne den Bürgermeistersohn unternommen hatte. Der Freund war in Rußland gefallen.

Die beiden anderen wollte der junge Zirl nicht nennen, um nichts in der Welt, selbst als die Käthe mit Anzeige drohte, der Vater Gegenleistungen bot, Felder könne man ihr abtreten, das Haus ihrer Eltern herrichten. Darauf ließ sie sich ein. Doch einen Mann wolle sie auch, einen Vater für ihre Tochter; warum nicht den, der vielleicht wirklich der Vater war.

Die seltsame Nacht hatte mit einem Eheversprechen geendet, und nur wenige Wochen später – man wollte die Rückkehr des älteren Zirl-Sohnes abwarten – sah Maltern die erste reiche Hochzeit nach dem Krieg.

Auch wenn es keinen unter den Gästen gab, der nicht gewußt hätte, daß hier Opfer und Täter den heiligen Bund der Ehe schlossen, so waren doch Schmaus und Tanz um so fröhlicher, als eine allgemein begrüßte Lösung erreicht schien, wie man sie günstiger nicht hätte wünschen können.

Was tat es da, daß die Braut sich offen abweisend gegen ihren Gatten verhielt, ihm den Tanz verweigerte. Hauptsache, die dunkle Geschichte war, wie es sich gehörte für den neuen Frieden, bereinigt, als sei das Verbrechen nie in der Welt gewesen.

Die Braut hatte noch in der Nacht ihren Mann vom

Tanzplatz weggeführt auf den Kirchhof, vor das Grab ihrer Eltern, hatte den vom Schnaps Verdumpften dort auf die Knie gezwungen und ihm das Versprechen abgenommen, sie niemals zu berühren und nie den Versuch zu unternehmen, die Ehe einzufordern. Fest und groß hatte sie neben ihm gestanden, eine Aufseherin im Brautschmuck, und der junge Zirl hatte in der kalten Dunkelheit des Friedhofs seine Niederlage mit einem Schwur besiegelt.

Für einen Augenblick hatte sie die Neigung verspürt, sich zu ihm hinabzubeugen, als habe er ein Recht auf ihren Trost. Erschrocken über diese Regung, war sie zur anderen Seite des Grabes gelaufen, hatte über den Stein hinweg, der die Namen ihrer ehrgeachteten Eltern eingraviert trug, auf den Gatten geblickt und sich selber den Schwur getan, niemals etwas anderes als Verachtung für ihn zu empfinden.

Da die Herrichtung ihres Elternhauses nur langsam voranging, erwarb der alte Zirl jenes Haus im Dorf, das sie jetzt bewohnte und dessen nicht unbeträchtlichen Grund sie in den sechziger Jahren an eine Supermarktkette verkaufte.

Bald nach der Hochzeit war sie mit Tochter und Mann dort eingezogen. Doch schon genügte ihr nicht mehr, daß er sich an seinen Schwur hielt: Der Ort sollte wissen, wie es zwischen ihnen stand.

Ihr Mann bat sie inständig, sie möge ihn nicht vor aller Augen der Lächerlichkeit preisgeben – ohne zu begreifen, daß sie eben dies wollte.

Sie zog mit ihrer Tochter, die ohne Neigung, mit dem Gefühl aber, daß die Mutter einen notwendigen Weg einschlug, folgsam war, in das Gehöft der Eltern, ließ ihren Mann, dem sein Erbteil ausbezahlt worden war, mitten im Ort zurück, in dem gemeinsamen

Haus, das er als Schandpfahl empfand und das ihn unfähig machte, durch Arbeit und Leistung guten Ruf zu erwerben. Zweifellos galt er als reich, hielt Frau und Kind in Wohlstand, er versuchte sich in einer Parteikarriere, scheiterte, brachte, als nichts mehr half, ein Messingschild an seinem Haus an, das ihn als Makler für Bauland auswies, obgleich jeder Malterner wußte, daß nur ein paar unwissende Spekulanten aus der Hauptstadt seine Dienste in Anspruch nahmen.

Bald hieß er im Ort ›der Kapauner‹, verfiel dem Alkohol und vernachlässigte sein Äußeres ebenso wie den Vorhof seines Hauses, der binnen kurzer Zeit einem Müllplatz glich.

Der Arzt mußte häufig nachts zu ihm, und als, Mitte der fünfziger Jahre, seine Gesundheit am Ende, seine Gestalt zur öffentlichen Schande gesunken war, entschloß seine Frau sich, zum ersten Mal wieder sein Haus zu betreten, da sie die Zeit für gekommen hielt, den in unbeschreiblichem Schmutz Vegetierenden mit der frohen Nachricht zu überraschen, sie werde zu ihm ziehen mit der Tochter, sie werde ihm das Haus führen, seine Einsamkeit erleichtern, die Abende bei ihm sitzen.

Als die angekündigte Erlösung ihn zum Weinen gebracht hatte, nannte seine Frau ihre Bedingung: Die Namen der zwei anderen Burschen von damals. Die Namen.

Sie hatte den Zeitpunkt gut gewählt: Er sah nur noch Hölle oder Himmel.

Der letzte Rest Stolz in ihm bestimmte ihn zur Bitte um ein wenig Bedenkzeit – einen Tag bloß, den seine Frau ihm gewährte.

Zwei Tage darauf, als sein Verschwinden bemerkt worden war, fand man seinen Körper, der zwei Einschüsse aufwies, im Walcher Moor.

Wieder waren Beamte aus der Stadt gekommen, hatten befragt, untersucht, Aussagen verglichen, schließlich ausgestreut, man habe leider eine äußerst geringe Aufklärungsquote in den derzeit nicht seltenen Verbrechen dieser Art, bei denen es offenbar um die Beseitigung von Mitwissern ging.

Wenige Monate später war die Untersuchung eingestellt worden. Die durch sie bewirkte allgemeine Unruhe in Maltern hatte sich in der Geschäftigkeit jener Jahre verlaufen. Die große Familiengrabstätte der Zirls hatte den Toten aufgenommen, fortan sollte im Ort nicht anders als gut von dem Unglücklichen geredet werden.

Der Fremde saß steil auf der Bank, hielt die Augen geschlossen und ließ den kalten Bericht der Alten widerstandslos über sich hinweggehen.

Er begriff, daß sie damals die letzte Chance verloren hatte, das Leid zu rächen, das sie in sich trug; aber er entzog sich selbst in die Zeit, von der sie sprach, sah sich als Kind, wieder auf einem Balkon in seiner Geburtsstadt, blickte zu sich hinauf, dem kleinen Jungen im zweiten Stock, der einen braunen Stoffbären zwischen den Gitterstäben des Geländers hindurch steckte und auf die Straße hinab fallen ließ. Er fand die farbigen Bilder im Märchenbuch wieder, aus dem ihm vorgelesen worden war, und sah unter den Bildern eines am deutlichsten: die blitzende Krone im Gras, die grünglänzende Schlange mit goldenem Rückenstreifen, die jeden, der nach der Krone griff, in die Hand biß und tötete. Er erkannte, daß dies die Schlange war aus seinem ersten, drei Nächte zurückliegenden Traum im Haus der Wagenlenkerin.

Er öffnete die Augen, hörte die letzten Sätze der Alten, worin sie gestand, sie habe sich, nachdem sie das Gehöft ihrer Eltern verlassen hatte und in die Dorfmitte gezogen war, wohl etwas verändert, vielleicht für die Leute nicht ganz begreiflich, gewiß für die Tochter nicht, mit der es viel Streit gab, bis das Mädchen in die Stadt gegangen sei, keinen guten Worten zugänglich, nur, wenn es Geld brauchte, kurz auf Besuch. Seltene Briefe dann. In letzter Zeit häufig Postkarten von irgendwoher.

Der Fremde war jetzt ruhig. In der Düsternis des Zimmers, dessen Gegenstände zu einer unwirklichen Schattenlandschaft verflachten, sah er die Umrisse der Wagenlenkerin gegen das vom Straßenlicht aufgehellte Fensterviereck.

Jetzt wissen Sie alles, sagte sie. Ich habe zum ersten Mal davon erzählt, und ich danke Ihnen, daß Sie mir zugehört haben.

Ihm blieb die einzige Frage, die in jedem klingt, der aus der Gnade seines Lebens gefallen ist und, auf sich selbst verwiesen, nach Schuld sucht: Warum ich?

Die Wagenlenkerin stand auf, ging zur Tür, schaltete das Licht ein. Er schloß die Augen.

Als er sie öffnete, erblickte er den entblößten Arm der Alten, den sie ihm vors Gesicht streckte.

Er las die eintätowierte Nummer. Nie zuvor hatte er eine KZ-Nummer auf menschlicher Haut gesehen. Diese jedoch kannte er. Er kannte die Ziffern, er kannte die Abfolge auswendig, hatte sie sich eingeprägt, um sie jederzeit auf Befragen angeben zu können. Dennoch war diese, in der weichen Haut verzerrte Nummer ihm auf eine ekelhafte Weise fremd. Er sprang auf, wich vor dem Arm zurück, trat vor den Tisch, die Alte schwenkte den Arm mit – und ihm fiel ein, für welche Art von Befragung er sich die Nummer gemerkt hatte: für die Frage eines Polizisten, für die jederzeit mögliche Kontrolle.

Er lachte. In sein Lachen mischte sich ein hohes, heiseres Pfeifen, das neben seinem Kehlkopf zu entstehen schien. Er preßte seine Hände gegen die Ohren, hörte wieder die schrillen *Kazett*-Rufe der Alten durch seinen Kopf hallen:

Es waren die vier Ziffern seines Autokennzeichens, der Unterarm trug sie in gleicher Anordnung wie das Nummernschild seines Wagens.

Schwere Glocken, schlugen die *Kazett*-Rufe ihm zwischen den Schläfen hin und her, er drehte sich, stieß auf die Tür zu, mit breiten Schritten fing er die Schwingung auf, die vom Kopf her seinen Körper erfaßte, er wankte aus dem Haus, öffnete seinen Mund und ließ den Klang der Glocken hinaus, *Kazett! Kazett!* läutete sein Ruf durch die Straßen von Maltern, brach sich an Türen, Fenstern, flog über die freundlichen Giebel und senkte sich, zum unhörbaren Echo verdünnt, breit über die Landschaft, bis hin zum Malterner Buchwald.

Orlak, der Sänger

Du mußt auf den Balkon hinaus, Orlak.

Der Vollmond steht über Lüderau, im weißen Hemd mußt du hinaus, die Hosenträger mit den Daumen abgespannt von der Brust; hinaus, weil Vollmond ist wie damals, auf den Balkon. Ein Blick hinab zu den fahlrosa Blütenfällen der alten Weigelien, den zweiten hinauf zum Mond, jetzt kippst du die Daumen weg, die Hosenträger schnalzen auf die Brust, lockern, was in ihr steckt, lassen es zu, Orlak, wie damals: Ich in der Buchenhecke, du auf dem Balkon, der Mond als Dritter darüber.

Die Bilder lösen sich, steigen dir zu Kopf, noch einmal läßt du die Hosenträger schnalzen, duckst dich nun unter dem Einfall, vertraust nicht, noch nicht, flüsterst die Zeile dem Mond zu, fängst dir sein Einverständnis, neigst dich, drehst dich um deine gebeugte Achse, verschwindest im hellen Ausschnitt der Tür.

An deinen Tisch, wohin sonst; konnte ich nicht deine Goldfeder übers schwere Papier gleiten hören?

Wieder und wieder ist Vollmond, Orlak. Du hast keine Schüler mehr, die über dich lachen. Weit entfernt von Lüderau, wo ich, regungslos zwischen die Hainbuchen geduckt, zu dir aufsah – weit von den Jahren, als ich meinen Atem leise machte mit rundem Mund – weit, Orlak, von meiner Hoffnung, ich könnte dir abschauen, wie einer dichtet, wie Orlak das macht, der Sänger, in den du dich nachts verwandelt hast aus dem Taglehrer Jost Orlak, Deutsch, Biologie, Religion.

Hosenträger brauchte man zum Gedichteschreiben und einen Balkon, das war mir klar; hohe Bäume im Garten, blühende Weigelienbüsche und Vollmond.

Singst du noch, Orlak? Ungequält von uns harthörigen, leichtfertigen Kindern, die dich gemartert haben mit ihrem Gekicher bei Mörike, deinem Mörike; die ruhelosen Biester mit angeekelten Gesichtern, wenn aus deinem Mund das Wort »Frühling« kam; die fünfzehnjährigen Folterer mit ihrem Naserümpfen über Busch und Tal, Blume und Hügel, Wolke und Wind . . . Jetzt bist du uns los.

Hast du uns nicht mit jedem Schnalzen deiner Hosenträger erschlagen? Hast du nicht – schlimmer noch – uns bei Vollmond verziehen? Wie du den Schergen verziehen hast, denen du deinen Namen verdanktest, »Speckfalte«, so nannten wir dich wegen des wulstigen Rings in deinem Nacken, über den Hemdkragen fiel die Haut, drunter die Narbe von einem Peitschenhieb, Narbe aus einer Zeit, über die du lange geschwiegen hast, aus anderen Gründen als jene, die uns die Peitschenzeit verschwiegen haben.

Schrien wir nicht deine einzige Lesung in Lüderau nieder mit unseren Speckfalte-Rufen? Und du hobst das Gesicht nicht von deinen Sonetten, sprachst nur stetig leiser, bis auch die Gutwilligen nichts mehr verstanden und still aus der Buchhandlung gingen. Ich war nicht weggerannt mit den anderen Schreiern, etwas hielt mich draußen an der Schaufensterscheibe, ich sah dich weitersprechen zum Gestühl, der Händler saß bleich neben seiner Kasse, ich sah vor meinen Augen die Bücher und ahnte deinen Schmerz: Nie würden deine Gedichte so, glänzend, mit großem Namen, unendlich schön, verewigt und gültig in deiner Hand liegen.

Irgendwas konnte nicht stimmen an der Hosenträger-Vollmond-Methode.

Singst du noch, Orlak? Bewohnst du noch dieses Gründerzeithaus, betrittst du noch den alten Garten, den Balkon an der Efeuwand? Ist noch immer alles vorbereitet für eine Familie, mit der du stets rechnetest, obwohl die Aussichten mit den Mondphasen schwanden? (Wer weiß, hast du mir später gesagt, manchen deiner Freunde habe die Familie über Nacht ereilt.) Stehen Küche und Waschküche noch voll von Haushaltsmaschinen, gibt es die Schaukel noch im Garten, streichst du noch immer im Frühjahr ihr Eisengestell rot, weil deine Kinder es rot am liebsten haben würden und kein Rostfraß ihr von dir erdachtes Leben bedrohen durfte?

Die Klinke an der Tür deines Arbeitszimmers hattest du um zwei Handspannen höher setzen lassen.

Die Griffe der Fenster waren gesichert, jeden nur möglichen Unfall sahst du voraus, du könntest Kinder haben, also wären sie gefährdet, dem galt es vorzubeugen.

Es gab nie Kinder in deinem Haus, Orlak. Es gab nur dich und den Mond und mich in der Hecke.

Tags gab es zwei Bänke vor mir den Deutsch-Einser, ihm hattest du in einem Anfall von Zuneigung eines deiner Gedichte zu lesen gegeben, er reichte das Blatt herum in der Klasse, ließ deine Verse betasten, belachen, ich lachte mit, ich haßte den Deutsch-Einser und dich dafür, daß du ihm dein Gedicht überlassen hattest, ihm, der dich preisgab.

Ich *mußte* mit den anderen lachen, Orlak. Ich hätte sonst mich in der Hecke verraten.

Hast du ihn eingelassen in dein Haus? Durfte er dein Arbeitszimmer betreten, deinen altdeutschen Schreibtisch berühren, hast du ihm deine Theaterprogramme gezeigt – seit wie vielen Jahren hast du deine Ferien verbracht mit Reisen von Bühne zu Bühne? Hat er gar mit dir hinaustreten dürfen auf den Balkon?

Als ich neben dir stand, sah ich hinab zur Hecke, wollte den in sie geduckten Jungen begrüßen. Ich war zurückgekehrt nach Lüderau, eingeladen von der Buchhandlung zu einer Lesung. Ich entdeckte dich gleich. Du hattest deinen Stuhl zwischen die Taschenbuchständer gerückt, aber ich sah dich.

Ich hörte Kinder draußen rufen, »Speckfalte!« schrien sie mich nieder, ich sprach lauter, übertönte die Rufe, die Zuhörer wanden sich auf ihren Stühlen, du senktest den Kopf, du wußtest, warum ich gegen ein Gebrüll anlas, das keiner hörte außer uns beiden. Man ist nicht laut in Lüderau, schon gar nicht in der Lüderauer Buchhandlung. Plötzlich kam dein heller Applaus zwischen den Taschenbuchständern hervor mitten in meinen Satz. Du hast mir aus den Speckfalte-Rufen geholfen. Verwundert blickten die anderen zu dir hin. Du nicktest mir zu.

Wein im Hirsch. Ein Stadtrat will einen »Sohn-der-Stadt«. Den Zug nicht genommen am Morgen. Mittags bei dir zum Frühstück auf der Terrasse. Deine zitternde Hand mit Kaffeekanne. Deine leise Höflichkeit: Zucker? Milch? Deine Unruhe, Orlak, als wäre ich das Kind für deine Schaukel.

Ja, sagtest du, die Schüler gleichen sich, Mörike immer noch ein Problem, und noch immer wüßtest du nicht, warum.

74

Fragtest mich aus, ich hatte wenig erlebt und gab Auskunft; du hattest ein ganzes Leben und nur Fragen. Ob ich an deiner Stelle auch mit den Kindern Mörike lesen würde . . .

Verstehen Sie mich recht! Mit Kindern, die sich betrogen fühlen um ihre Zukunft! Sie bringen sich um, Raketen, sterbender Wald, hier springt einer von der Ludwigssäule, hinterläßt einen Brief: »Europa fliegt sowieso bald in die Luft«, und ich komme mit Mörike! Vielleicht geht das wirklich nicht mehr, oder jetzt gerade?

Ich hätte dir erzählen müssen vom Kind in der Hecke, vom Vollmond, Orlak, von deinen Hosenträgern – eine beiderseitige Denunziation. Statt dessen empfahl ich dir, mit Mörike auszuhalten.

Du lachtest. Ja, Sie raten das! Sie machen sich das leicht!

Beim Gang durch deinen Garten sprachst du die Namen der Pflanzen aus, als wären es erinnerte Frauen. Die Hecke war doppelt so hoch gewesen in meiner Kindheit. Ich fand meinen Platz nicht wieder, wandte mich um, sah zum Balkon auf.

Ist was da oben? fragtest du.

Man muß einen schönen Blick haben von dem Balkon.

So erhielt ich Zugang zu deinem Arbeitszimmer. Es roch nach Bücherstaub und nach den gestapelten Zeitungen. Du zogst die Vorhänge vor der Balkontür zur Seite, wir traten nach draußen, ich sah hinab, die Sonne stand schräg hinter uns, das Haus warf seinen Schatten über den Garten wie ein dunkles Tuch, unter dem ein Junge zappelte, in seinem Wunsch ertappt, ein Dichter zu werden wie Orlak.

Schreiben Sie noch? fragte ich dich.

Ja, schon.

Ein Abwinken in deiner Stimme, das mir Angst machte.

Vielleicht wiederhole ich auch bloß meine ganz frühen Texte, wer weiß das, ich schicke seit über zehn Jahren nichts mehr an Verlage, mir reicht das Lüderauer Echo, mein jährliches Gedicht in der Weihnachtsbeilage.

Vom Balkon herab sah ich deinen Garten als uralte Landschaft, längst vergangene düstere Schönheit, blühende Ränder kreisten, Schneckenlinien, auf eine kaltdunkle Mitte zu, die Wörtern keinen Grund bot.

Kommen Sie, sagtest du, Sie mögen doch Rotwein, ja? Den Weißen vertrag ich nicht mehr, kommen Sie, ich muß nur noch die Biester einsammeln.

Biester nennst du die Schnecken. Abends sammelst du sie ein, trägst dazu alte Lederhandschuhe, bückst dich unter die Büsche, klaubst die Biester aus ihrem Versteck. Im Sammelkorb entwickeln sie sich aus ihren Gehäusen, tasten die Luft ab, winden sich übereinander. Gift verwendest du nicht. Sie fressen dir die Stauden ab, die Glockenblumen, den Rittersporn, die Lilien, sogar Lavendel und Thymian. Alles fressen sie, murmelst du, während du nach ihnen greifst.

Da, sehen Sie, die nackte Wegschnecke, die schwarze, gefräßig wie sonst nur noch die braune; hier, die rote, fast ebenso gierig. Alle sind sie grausam, die gelbe Gartenschnecke nicht weniger als die gemeine Weinbergschnecke.

Du hast den kleinen Korb gefüllt, trägst ihn hinters Haus zu einer eisernen Tonne mit Deckel, kippst die Biester hinein.

So, nun können wir in Ruhe speisen.

Pfahlmuscheln und Dorschleber aus Dosen, Weißbrot und schweren Medoc am Couchtisch in deinem Arbeitszimmer, du auf der Chaiselongue, ich in deinen Lesesessel genötigt, Theaterprogramme auf dem Tisch zwischen uns, die Nicklisch in München, »Virginia Woolf«, ungeheuer, der Kammer in Berlin, »Arnold Kramer«, unerreicht, aber zu wem rede ich! unterbrichst du dich, zu wem rede ich, wir sind ja einig, haben wir nichts, was strittig wäre zwischen uns, war ich ein so langweiliger Lehrer?

Hätte ich dir in diesem Augenblick gestehen sollen, wie sehr ich dich bewundert habe?

Erinnern Sie sich an keine Schulstunde, in der Sie mich gehaßt haben? Schüler müssen ihre Lehrer hassen! Wollen wir nicht Du zueinander sagen?

Glas. Glas. Ich bin verwirrt.

Unsere Namen kennen wir ja, weißt du, warum Lehrer gehaßt werden? Weil die Traurigkeit des Lebens mit der Schulpflicht beginnt, und die Kinder spüren das. Spätestens nach einem Vierteljahr Schule ahnen sie beim Blick auf ihren Lehrer: Von nun an geht's auf den Tod zu.

Warum bist du dann Lehrer geworden, Orlak?

Du hast die dritte Flasche geöffnet, du deutest auf die Tür, sie habe dich zum Lehrer gemacht, diese Tür.

Dein Vater starb, als du zwölf warst. Deine Mutter kam zurück von Einkäufen, ein Mann begleitete sie, er würde jetzt häufiger kommen, du hast ihnen den Tisch gedeckt, bei der Zubereitung des Abendessens geholfen, alles wolltest du richtig machen und schön, damit sie dich lobten und bei sich sitzen ließen in diesem Zimmer. Aber sie schickten dich nach dem Essen hinaus vor die Tür.

Dort stand ich nun, vor der geschlossenen Tür, am Treppenabsatz, ich sah nicht durchs Schlüsselloch, ich horchte nicht, stand bloß, während die beiden hier – du schlägst mit der flachen Hand auf die Polster neben dir – hier auf dem Sofa die beiden! Ich hielt's nicht aus vor der Tür, ich sprang die Treppe hinunter, rannte, blieb erst an der Buchenhecke stehen und sah im Gras die beiden Weinbergschnecken, aneinander aufgerichtet, zärtlich die weichen Lippen ihrer Sohlen, in denen Wellen aufzüngelten, sich vereinten zu einer gemeinsamen, unendlich vertraulichen Gebärde der Fühler . . . Weißt du, daß sie sich winzige Lanzetten aus Kalk in den Leib stoßen, um sich zu reizen? Ich trat auf das Paar, die Gehäuse krachten unter meinem kleinen Zornfuß, ich bildete mir ein, ihre Schreie zu hören, ich lief ins Haus zurück, hoch zur verschlossenen Tür, rüttelte an der Klinke, hämmerte mit meinen Fäusten, schrie – und dieser Mann kam heraus und schlug mich mit seinem Gürtel.

Du trinkst zu schnell, Orlak.

Warum habe ich dir nichts gesagt von der Hecke, von mir, von meiner Furcht, mir werde ewig verschlossen bleiben, was dich hinaus auf den Balkon trieb.

Erinnerst du dich nicht, wie oft ich euch vor die Tür geschickt habe? Obwohl ich wußte: Aussperren heißt Einsperren! Und obwohl ich erfahren hatte, wie es ist, hinter verschlossener Tür die Schreie der Freunde zu hören und zu wissen, wenn die Tür sich öffnet, holt man dich unter die Peitsche, und du wirst schreien wie deine Freunde . . .

Trink, Orlak. – Lies mir was vor.

O nein, so besoffen kann ich gar nicht sein, daß

78

nochmal ein Schüler was von mir zu hören kriegt. Verzeih. Aber auch du nicht. Gerade du nicht. Ich habe mein eigenes Publikum.

Du hättest mich haben können, Orlak. Meine Aufsätze gefielen dir nicht, aber ich hätte nicht gelacht über deine Sonette.

Du warst ein unauffälliger Schüler, ich hatte keinen Zugang zu dir. Kinder sind Türen. Lehrer wollen sie öffnen. Dazu wählen sie diesen Beruf. Aber weh dir, du knackst die Tür mit deinen pädagogischen Einbrechertricks... Dahinter sitzt ein Gelächter, das dich erschlägt. Nein, du bist ein Autor geworden, weil du dich nie geöffnet hast. Jetzt liest du vor, Speckfalte hockt in deinem Publikum, sieht die schönen Bücher in deiner Hand und fürchtet dein Mitleid. Widersprich nicht, ich brauche keinen Trost, ich halte selbst Lesungen. So oft ich will. Ich habe Bewunderer, literarische Feinschmecker, ja fast eine Gemeinde. Komm. Es ist Fütterungszeit.

Du kannst dich kaum auf den Beinen halten, Orlak. Grob fischst du aus den Papieren auf deinem Schreibtisch eines deiner Gedichte. Auf der Treppe muß ich dich am Arm führen. Du bist alt, Orlak, und betrunken. Aber das Publikum ruft dich. Gemeinsam schwanken wir hinters Haus zum Ort deiner Lesung. Zur Schneckentonne.

Du hebst den Deckel, rüttelst die an der Innenseite klebenden Biester in die Tonne zurück. Die Außenlampe wirft ein kühles Licht auf die Zuhörer mit Schaum vor den Mäulern. Hoch über ihrem Verlies reißt du deinen Text in kleine Fetzen. Wörterschnee.

Sie werden es mögen, sagst du leise. Sie fressen alles, wenn man sie hungern läßt, Durchschlagpapier,

80-Gramm-Schreibmaschinenpapier, Saugpost und Luftpost und Bütten, Prosa, Verse, Dialoge, am liebsten handgeschriebene Sonette mit Tintenaroma. Spürst du, wie sie sich sehnen nach meinen Wörtern? Die unersättlichen Nacktschnecken, *Arion ater* und *Arion rufus,* das sind die Schergen, sie fräsen dir Wunden in den Nacken, und die gewöhnlichen Weinbergschnecken, *Helix pomatia,* das sind die räuberischen Schöngeister, sie haben sich Naturschutz erschlichen. Die kleinen bunten Gartenschnecken, *Cepaea hortensis,* das sind Kinder, ahnungslose Vertilger – sie glauben, die Freiheit sei oben, wo der Deckel sich öffnet fast jede Nacht, aber sie kehren um und eilen hinab, wenn der Duft meiner Wörter sie lockt. Kaum haben sie sich Bilder und Bedeutungen einverleibt, schon halten sie sich für klug genug, wieder nach oben zu dürfen ans Licht. Aber oben, sagst du lächelnd, oben hat die eiserne Tür sich geschlossen.

Zu den Deckel, mich an der Hand, ums Haus getaumelt, nach vorn in den Garten, breitbeinig gesichert stehst du unterm Balkon, streckst den rechten Arm gegen die Efeuwand.

Sie haben sich eine Strategie zurechtgelegt! Sie kommen mir aufs Dach! Oh, ich weiß, was sie vorhaben, erklimmen die Höhe im Schutz des Efeus, ziehen sich oben in ihre Kugelhäuser zurück, rollen die Regenrinne entlang, im Fallrohr hinab, verstopfen den Abfluß, die Stutzen laufen über, die Fundamente sind bereits naß, die Mauern ziehn Wasser, und ist das Haus erst feucht und kühl, gehört es ihnen ganz, sie werden mich belagern, sie wollen mehr und mehr Texte von mir, aber ich schreibe nicht mehr so schnell, sie verlangen Oden, ein Epos, dreihundert Gesänge, Stoff gibt es reichlich, aber ich bin ein sorgfältiger Dichter, ich gebe mir Mühe, brauche Zeit! Und mein Vorrat ist aufgezehrt . . . Bring mich nach oben.

Du hast die Klinke an der Tür deines Arbeitszimmers um zwei Handspannen höher setzen lassen. Du hörst schon die Schnecken vor deiner Tür, wo sie sich sammeln, mit schmatzenden Fußlippen sich zu dir drängen, nach Orlak, dem Sänger verlangen.

Schamlos, nicht wahr, sagst du, wie sie sich vor mir entblößen! Doch ich sitze ungerührt hier auf dem Sofa, ich öffne nicht, sie würden mir ihre Lust-Stiletts ins Fleisch schlagen und mich liebestoll machen! Weil ich mich entziehe, drohen sie mir mit Selbstmord, stürzen sich von meinem Haus, Schnecken sind wahnsinnig, weißt du, die gekreuztnervigen ebenso wie die geradnervigen! Aber ich trete ruhig hinaus auf den Balkon, sehe ihre Kinder spielen unter meinem Flieder, meinem Goldregen, meinen serbischen Fichten, ja, sie werden die Schaukel besetzen, um mich zu Walzertexten zu verleiten! Ich halte Disziplin, ich weiche nicht vom Sonett! Soll ich denn jede Mode mitmachen, nur weil die Biester immer nach Neuem verlangen?

Du bist ein großer Sänger, Orlak, habe ich dir gesagt, und dein Gesicht hat sich unter der Lüge entspannt. Du hast die Augen geschlossen, deinen Kopf zurücksinken lassen auf die Lehne des Sofas, du bist eingeschlafen, die linke Hand mit dem halbleeren Glas fest aufs Knie gestützt.

So habe ich dich verlassen.

Zwischen den Herrschaftshäusern hinab ins Zentrum von Lüderau, über den Platz mit der Ludwigssäule, lauwarme Straßen zum Bahnhof. Steinlinien haben den düsteren Strudel deines Gartens zerschnitten.

Eisen, Staub, abgestandener Rauch haben die Schnekken vertrieben.

Ich hatte dir ein Buch auf den Schreibtisch gelegt, hineingeschrieben »Vom Schüler unter der Hecke« – was immer du anfangen würdest mit dieser Widmung.

In Theaterfoyers halte ich Ausschau nach dir. Gleich, wo ich bin: Vollmond gehört immer dir, du mußt auf den Balkon hinaus, du läßt deine Hosenträger schnalzen, wendest dich eilig zurück in die helle Tür, an deinen Tisch.

Tritt nach den ersten Zeilen wieder heraus, Orlak! Laß meinethalben noch einmal die Hosenträger auf deine weiße Brust schlagen, blick meinethalben wieder lange zum Mond auf – aber jetzt, bevor du weiter anschreibst gegen die Sehnsucht nach den empfindlichen Wellippen deiner Bewunderer, jetzt sieh – einmal – herab auf den Jungen mit offenem Mund, auf den Jungen unter der Hecke, der hinaufstarrt zu dir, Orlak, dem Sänger!

Prozedur

Ja. Freilich. Wo wir aufwuchsen, war Freiheit. Blitz-blank und rhetorisch und importiert.

»Ihr habt es gut«, sprachen die Väter im Chor, und sie hatten recht. Die Stunde Null war eine gute Stunde, nur daß es sie nicht gab, wußten die Väter nicht.

»Wenn ihr erlebt hättet, was wir erlebt haben, als wir so alt waren wie ihr«, sangen die Lehrer zu einer deutschen Melodie. Und recht hatten sie: wir haben nichts mitgemacht. Wörtlich: wir vom Jahrgang 44, mitge-macht haben wir nichts.

Die Lehrer tauchten auf, mitten in der Stunde Null, die es nicht gab, sie aber waren da, übermüdet, rheto-risch, kamen zurück aus dem, was sie mitgemacht hat-ten, nur dabei waren sie nicht, aber was sagt das, Johan-nes jedenfalls bestand darauf, daß er nicht dabei war, als er es mitmachte, nun, freilich, wer kann schon wählen, was gewählt wird, Johannes jedenfalls nicht, Johannes sagte: »Ihr habt es gut. Wir hatten keine Wahl.«

Das war einzusehen, schon darum wollten wir Jo-hannes nicht enttäuschen, darum, und weil er große braune Augen hatte, die waren feucht und treu und verträumt wie Volkslied.

Unsere Aufgabe hieß: »Schlesien, alte deutsche Hei-mat. DIN A4, Bilder, Texte, Stellungnahmen«, nicht über dreißig Seiten, abzugeben vor Weihnachten. Jo-hannes hatte uns gern, da galt kein Zweifel, Vertrauen gegen Vertrauen, gute Noten gegen gute Leistungen, ein sauberes Geschäft.

Johannes hatte wenig Fleisch an seinem kleinen Kopf. Ich stellte mir die Form seines Schädels vor, wie er ausgelöst und freigekocht auf dem Schreibtisch meines Vaters stünde, dafür konnte ich nichts, solche Träume, in denen ich seine Augen unter dem Kopfkissen versteckte und nachdenken mußte, was wohl aus mir geworden wäre, wenn meine Eltern sich nicht kennengelernt hätten: mich wegdenken, keinen Halt finden auf den großen glatten Pupillen von Johannes.

Über dem flachen Fleisch spannte sich eine dünne, feingeäderte Haut, wie man sie sonst nur bei Leuten auf dem Land findet, die an der frischen Luft alt werden. Johannes bekam leicht einen roten Kopf. Davor hatte er Angst.

Ratibor lag nach dem Spruch von Genf und vor dem zweiten deutschen Krieg hart an der Grenze, erinnerte sich Johannes für uns, ja, freilich, die deutsche Bevölkerung hatte Ärger mit den polnischen Aufständischen, die während der Abstimmungszeit ihr Unwesen trieben, und wir sammelten Bilder von Schlesien, wo wir nie gewesen waren, vor allem von Ratibor, dort hatten wir nichts mitgemacht, aber dort war Johannes geboren.

Ich fand unter alten Fotos meiner Eltern ein Bild von der Mariensäule und klebte es ein, das wurde die Titelseite meiner Arbeit: alte deutsche Heimat, verloren, vorbei, nicht dabeigewesen, 1956 waren wir Quarta und wollten Johannes nicht enttäuschen.

An einem Montag kam er ins Klassenzimmer.

An einem Montag kommt er ins Klassenzimmer, neu für uns, neu für Deutsch, Sozialkunde, Geschichte, läuft, ohne uns anzusehen, zur Tafel und schreibt mit großen Buchstaben Dr. Jot Punkt Henschel auf die stumpfe grüne Fläche, dreht sich zu uns um, »So heiße ich«, sagt er. Wir sehen seine großen feuchten Augen. Einer räuspert sich. »Um diese Jahreszeiten hat man keine Erkältungen mehr, Fenster schließen«, antwortet ihm Doktor Jot Punkt Henschel; wir bemerken, daß er kleiner ist als die meisten von uns, darum müssen wir in den folgenden Stunden bereits sitzen, wenn er hereinkommt.

DIN A4 groß sein Notenheft, in dem eine kaum zu durchschauende Anordnung von Spalten und Feldern einem verschlüsselten Wertungssystem Raum gibt. Jede mündliche Leistung wird nach vier verschiedenen Kriterien beurteilt, deren Kennziffern sich in dem üblichen Spielraum von eins bis sechs mit roter oder blauer Tinte eintragen lassen.

Johannes verbringt einen großen Teil der Stunde mit Notengebung, hält uns in Spannung, sieht uns lange an, seine braunen Tieraugen, zärtlicher Blick, Volkslied, senkt den Kopf, greift nach dem Federhalter mit roter Tinte. Will eine Ziffer einschreiben, hält inne, lächelt, legt den Federhalter beiseite, nimmt den blauen und trägt nun die Note sorgfältig ein.

Johannes hatte Angst, er könnte nicht gerecht sein, die Zeiten hatten sich geändert, oft meinte er, nichts sei endgültig, alles sei wettzumachen, sagte er, oder auch, daß jeder sich reinwaschen könne von einem Makel, so nannte er die Note fünf, oder von einer Sünde, dies war seine Bezeichnung für sechs.

Wenn man es erzählt, ist es nicht mehr wahr.

Wenn man es erzählt, ist es nicht mehr wahr, keiner glaubt es, keiner hat Grund dazu, wer will heute noch wissen, daß Johannes Henschel Angst hatte. Schreckliche Angst.

Er hatte Angst, wir könnten nicht genug Angst haben vor ihm. Er hatte Angst vor seinen Kollegen, die größer waren als er und nicht so dünnhäutig und nicht aus Schlesien, die hatten nichts mitgemacht, die hatten noch eine Heimat. Er hatte Angst um die Ostgebiete. Er hatte Angst, beim Rauchen ertappt zu werden von seiner starken Frau, die oft unangemeldet am Vormittag ins Lehrerzimmer trat, angeblich, um ihm sein zweites Frühstück zu bringen. Aus Angst tat es Johannes seinen Schülern gleich und rauchte auf der Toilette. Johannes hatte Angst beim Betreten des Klassenzimmers, darum kam er im Stechschritt herein. Johannes hatte Angst, Kreide könnte fehlen, darum trug er stets drei Stücke weißer Kreide in einem alten Metallkästchen für Buntstifte bei sich.

Man hätte Mitleid haben können mit ihm, aber wir hatten nichts mitgemacht, wie sollten wir da ein Fingerspitzengefühl entwickeln, außerdem war Johannes unerbittlich, was man kaum vermutet hätte bei seinen freundlichen braunen Tieraugen.

Nur wenn es galt, einen Makel oder eine Sünde wettzumachen, bot er seine Hilfe an. Er unterzog den Schüler zum Ausgleich für das Leistungsversagen einer Prozedur, die er mit großer Perfektion und deutlicher Freude darüber ausführte, daß Lehrer und Schüler gemeinsam in der Lage waren, Makel oder Sünde solidarisch aus dem Notenheft DIN A4 zu tilgen.

Die Prozedur:
Mit Daumen und Zeigefinger greift Johannes die kurzgeschnittenen Schläfenhaare des Versagers über dem Ohr und dreht das Bündel dicht an der Haut im Uhrzeigersinn.

Um dem Schmerz zu entgehen, legt der Schüler

seinen Kopf, so weit es geht, in den Nacken zurück und bietet dem über ihn gebeugten Johannes sein Gesicht.

Die Zeiten haben sich geändert, aber Johannes dreht so weit, bis sein Arm sich sperrt.

Dann hält er diese, auch für ihn selbst schmerzhafte Stellung drei Sekunden zur Tilgung eines Makels, zehn Sekunden zur Tilgung einer Sünde ein. Er blickt dabei starr auf den Mund des Schülers, denn die Vereinbarung besagt, daß der Schüler die Prozedur abbrechen kann, indem er leise »Au« sagt, wodurch natürlich der Tilgungseffekt entfällt.

Ich hatte Reden ausgeschnitten, Reden von Gomulka, der nach vier Jahren Haft gerade wieder erster Sekretär des ZK geworden war, polnische Reden über die endgültige Grenze an Oder und Neiße, das klebte ich ein, das war Material, das strich ich durch, wir alle vom Jahrgang 44 strichen das durch und schrieben darüber NEIN, manchmal auch NIE, schräg darüber und rot, denn wir hatten unseren Lehrer gern.

Nach den Weihnachtsferien bekamen wir unsere Arbeiten zurück. Johannes konnte stolz auf uns sein. Wir hatten herausgefunden, daß Beuthen in Oberschlesien nach dem Beschluß des Völkerbundrates in Genf das »äußerste Bollwerk des Deutschtums im Südosten« war, daß im niederschlesischen Sprottau der Dichter Heinrich Laube im Jahre 1806 das Licht der Welt erblickt und daß im stillen Frieden des Tales um Bad Reinerz einst Felix Mendelssohn-Bartholdy Eichendorffs Preislied auf den deutschen Wald vertont hatte.

Johannes strahlte, als er uns die Mappen zurückgab. Es hätte eine fröhliche Stunde werden können.

Doch bei dem letzten Heft DIN A4, der Arbeit des Jörg Schindel, dessen Vater im Krieg geblieben war, fiel die Fröhlichkeit aus dem dünnhäutigen Gesicht von Johannes, die Tieraugen wurden eng und menschlich, er furchte die kleine Stirn, formte seinen Mund zum Hundeafter, sprach leise aus, was wir fürchteten, das Wort Sünde.

Jörg erklärte sich zur Prozedur bereit.

Johannes wies darauf hin, daß es sich nicht um eine mündliche Leistung, sondern um eine schriftliche Arbeit handele.

Jörg bot zwanzig Sekunden statt der üblichen zehn.

Johannes zögerte. Johannes dachte nach.

Jörg reizte auf dreißig.

Als Johannes die Schläfenhaare zu drehen begann, war es still im Klassenzimmer.

Wir hörten, daß Jörg leise und gegen seinen Willen »Au« sagte.

Aber Johannes hielt sich nicht an die Abmachung.

Aber Johannes hält sich nicht an die Abmachung. Jörg schreit, doch Johannes dreht weiter, wir verstehen nicht, wir haben nichts mitgemacht, wir sind in Freiheit aufgewachsen, wir halten uns an Versprechen, jetzt sind wir dabei, jetzt reißt sich Jörg los und stößt Johannes vor die Brust, und Dr. Henschel stolpert rückwärts und fällt über eine Tasche, die im Weg steht.

Johannes hat große braune Augen. Jörg schreit »Schlesier!«, und als Dr. Henschel sich aufrichten will, trifft ihn ein Tritt am Unterkiefer. Er schlägt mit dem Hinterkopf auf den Boden.

Wir kommen aus unseren Bänken, treten zögernd, spielerisch, spüren den weichen Widerstand am Fuß, holen Schwung, sind dabei, machen mit, so ist es gut, Jungs, ein Gefühl müßt ihr kriegen dafür und immer dicht am Fuß dicht am Fuß sage ich nun gib schon mal rüber die andern stehen schon längst frei.

Jörg schreit noch immer mit überkippender Stimme »Schlesier, Schlesier!«, dann fällt ein Stuhl auf Johannes, dann blutet das dünnhäutige Gesicht, dann greifen wir in die Haare und drehen und hören nicht auf, dann entdecken wir die Instrumente.

Füllfedern stechen zu . . . Geschichtsbücher bringen Lippen zum Platzen . . . Die braunen Augen sind groß . . . Lineale pfeifen schmalkantig gegen den Kehlkopf und schneiden den Atem ab . . . Zirkelspitzen zeichnen Dornenspuren in die Stirn . . . Gleichschenklige Dreiecke treffen den aufgerissenen Mund . . . Johannes wehrt sich nicht. Tieraugen wehren sich nicht gegen die Zirkel. Lineale wie Messer. Kreidestücke im Mund. Das macht eine sanfte Stimme. Aber er schreit nicht. Aber er bewegt sich nicht. Er ist eine kleine Puppe.

Plötzlich verkündet der Lautsprecher über der Tafel, Durchsage an alle Klassen, daß Schüler gesucht werden, um Ehrenwache zu halten mit Fackeln am Grabmal des unbekannten Soldaten gegenüber der Schule.

Als der Lautsprecher zu rauschen begann, erschrak Johannes und brach die Prozedur ab. Jörg Schindel hatte »Au« gesagt. Die Sünde war nicht getilgt.

Zwei von uns meldeten sich für die Ehrenwache.

Wir blieben auf unseren Stühlen.

Wir wollten Johannes nicht enttäuschen.

Wir haben zugesehn. Angst gehabt.

Wir haben nichts getan. Nicht mitgemacht.

Nichts unternommen. Nicht dabeigewesen. Haß gelernt.

Wir vom Jahrgang 44 haben das Klassenziel erreicht.

Der Liebesversuch

In der Wohnung des Vaters hat der Sohn das Gefühl, unerlaubt einen fremden Raum betreten zu haben.

Der Mantel des Vaters an der Garderobe, der Hut auf dem Messinggitter; wer darf die Ordnung von Hut und Mantel ändern, wer darf eingreifen, was tun mit griffbereiten Dingen, dem beharrlichen Rest.

Nein, hat die Tochter gesagt, Sorgen müsse der Bruder sich nicht machen, der Vater sei auf der Intensivstation in besten Händen.

In Händen, hat der Bruder wiederholt.

Ein unerklärlicher Blutsturz, hat die Schwester gesagt, schon am Morgen habe sie so ein ungutes Gefühl gehabt, sei die zwei Straßen runtergegangen zu der Wohnung des Vaters, du weißt ja, hat sie gesagt, die paar Schritte tun mir und den Kindern gut und fallen mir leichter als ihm der Weg herauf zu uns, sie habe geklingelt, er habe nicht geöffnet, sie habe den Schlüssel, ich trage ihn doch immer bei mir, hat sie dem Bruder gesagt, aus ihrer Manteltasche genommen, habe aufgeschlossen, habe gedacht, der Vater sei nicht zu Hause, so still sei es gewesen, habe aber gleich die kleine Blutspur gesehen auf dem Linoleum im Gang vor dem Bad, warum die ihr aufgefallen sei, wisse sie auch nicht, eigentlich sei die Spur kaum zu entdecken gewesen im verstreiften Muster des braunroten Stragulabodens, der ja – komisch, nicht? – so gemacht werde, damit Flecken nicht auffallen, dennoch habe sie die Spur gesehen, vielleicht, weil die Tropfen rund waren, eine Kette, der sie nachgegangen sei.

Der Vater habe auf dem Bett gelegen, in seinem Anzug, ruhig atmend, Blut am Kinn und auf dem Hemd, sie habe den Notarzt gerufen, der sei gleich gekommen, jetzt liege der Vater intensiv, die Ärzte hätten gesagt, man müsse sich keine Sorgen machen, das Herz sei kräftig, ja, hat die Schwester gesagt, du erinnerst dich, Vater hat ein Sportherz, er war doch damals in Breslau im Ruderverein, und beinahe, ist der Bruder ihr ins Wort gefallen, hätte der Vater im deutschen Achter gesessen bei der Olympiade sechsunddreißig.

Der Sohn hat am Abend von den Fernsehnachrichten immer wieder zum Schreibtisch sehen müssen aufs Telefon. Die Stimme der Schwester hatte beruhigend geklungen. Ihre Beruhigung war nicht nötig gewesen. Auch wenn die Schwester weniger ruhig gesprochen oder sich weniger Mühe gegeben hätte, ruhig zu klingen, wäre der Sohn nicht beunruhigt gewesen. Er hat den Vater nicht liegen sehen. Er hat sich auf die Ärzte verlassen. Er hat Bilder gesehen von draußen rein, verletzte Welt irgendwo, so ist ihm die Meldung der Schwester ins Haus gekommen, und der Sohn hat das Gefühl gehabt, ihn gehe das alles nichts an, obwohl er sich für so einen, der im Sessel sitzt und zusieht und den nichts was angeht, nicht halten wollte.

Der Weg der Tochter durch die Wohnung des Vaters ist im Kopf des Sohnes eine Kamera-Fahrt gewesen durch ein Massaker andernorts. Kurz vor dem Bett, auf dem der Vater liegt, hat der Sohn einen Schnitt gemacht.

Der Sohn hat gemeint, Angst um den Vater haben

zu sollen; trotz großer Bemühung ist aber keine Angst in ihm aufgekommen.

Am Morgen, vor sieben noch, hat die Schwester erneut angerufen. Ihr zweiter Anruf hat den Sohn auf der Bettkante angetroffen, im Kopf einen Traum, den er kurz darauf nicht mehr kannte, nur: mit dem Vater hatte der Traum nichts zu tun, weiß der Sohn später und schämt sich; nicht mal geträumt vom Vater habe er in dieser Nacht.

Der Bruder hat auf der Bettkante gesessen, in den Hörer gebeugt, die Schwester hat was gesagt von heute morgen, für den Bruder war das mitten in einem Traum, den er schon zu vergessen begann, hörst du mich, hat die Schwester gesagt, die Ärzte haben sich geirrt, es war irgendwie nichts mehr zu machen, keine Maschine hat geholfen, und der Bruder hat geantwortet: Ja, aha; was er sich später nicht mehr zugeben will, aber seither weiß er über sich, daß er »Ja, aha« gesagt, dann geschwiegen hat, die Schwester muß wohl vermutet haben, er hätte nicht richtig zugehört, und sie hat wiederholt: Unser Vater ist tot, heute früh zehn nach fünf, er ist tot.

Die Tochter hat aufgelegt. Der Sohn hat den Hörer in der Hand gehalten, ist auf der Bettkante sitzen geblieben, in seinem Traum. Später hat seine Frau ihn dort wach und ruhig vorgefunden.

Sein Vater sei jetzt tot, soll er gesagt haben. Sie hat dann seine Termine für den Tag abgesagt. Er hat gedacht: Gut, daß sie das für mich macht, das versteht jeder, wenn einem der Vater gestorben ist, aber ich könnte die Termine genausogut wahrnehmen.

Als der Vater beerdigt war, sind die Tochter und ihr Mann und der Sohn und seine Frau und die Enkel in die Wohnung des Vaters gegangen.

Die Tochter hat die Tür aufgeschlossen, der Sohn hat die Fenster geöffnet, die Schwiegerkinder des Vaters haben sich mehr an den Zimmertüren aufgehalten, die Enkel sind wie immer durch Großvaters Wohnung gerannt.

Der Sohn und die Tochter fühlen sich wie Einbrecher.

Sie sind berechtigt, es ist ihre Pflicht, wer, wenn nicht sie, sollte das Tabu auf den Dingen des Vaters brechen, der Vater ist ungeschützt, die Kinder sind getröstet, der Pfarrer hat gute Worte für den ihm ganz Unbekannten gesprochen, das Ritual hat die Kinder erleichtert.

Jetzt dringen sie ein in die Räume. In die Innenräume der Schränke und Schubladen. Sie sehen, was der Vater in Schachteln unterm Deckel gehalten, in Futteralen geschützt hat; sie sind neugierig gegen ihre Absicht. Sie stoßen vor zu den Dingen des Vaters und wissen noch nicht, daß dadurch die Entfernung von ihm wachsen wird.

Als er die Wohnung betrat, hat der Sohn gedacht: Darüber schreiben werde ich nicht.

Seit diesem Gedanken beschäftigt ihn, daß er beim Betreten der Wohnung des toten Vaters ans Schreiben gedacht hat. Er hält sich selbst für gefühllos. Der Vorwurf, den er an sich richtet, hilft ihm nicht. Wenigstens ehrlich sei er, möchte er von sich behaupten. Dieser Behauptung mißtraut er.

Die Enkel finden in der untersten linken Schublade des Schreibtischs eine geflochtene silberne Schnur, drei silberne Eicheln daran. Daneben ein Eisernes Kreuz.

Enkel wissen nichts. Die Enkel sind nur merkwürdig angezogen von den beiden Dingen, sagen Guck-mal-hier und Was-ist-das-denn und Gehört-das-auch-dem-Opa.

Der Sohn scheucht sie weg von der Schublade. Er sieht die Feldwebelschnur oder Oberfeldwebelschnur, um Ränge hat er sich nie gekümmert, mit dem Eisernen Kreuz verbindet er eine ihm widerliche Art Tapferkeit, der Vater hat nie davon gesprochen, nie sich darauf berufen oder wenigstens Abscheu bekundet irgendwann, der Vater hat die Insignien seines einberufenen Stolzes versteckt. Waren es bloß Erinnerungen an beliebige Ereignisse?

Der Sohn weiß nichts darüber, er blickt in die Schublade. Der unbekannte Soldat.

Das Äußere des Vaters, neben Filtern für die Tabakspfeifen, neben dem Rasiermesser im Ebenholz-Köcher die Insignien kranker Männerwürde, der Sohn hat daran keinen Anteil, das tut sich auf im unvorbereiteten Tod, vielleicht hätte der Vater nicht gewollt, daß der Sohn die Zeichen findet.

Die Tochter steht neben dem Sohn, fragt Was-ist-das, als wüßte sie nicht, was das ist, als hätte sie nicht nur Ungewißheit, sondern auch Verdacht, schon die Ahnung, daß sie beide den Vater nicht gekannt haben und jetzt vordringen in seine Einsamkeit.

Über den Krieg hat er doch nie geredet, wissen sie beide, sprechen es nicht aus, über den Krieg, der?, nie!, weshalb hat er das Zeug aufbewahrt, seltsam, neben dem Rasiermesser, das hat nichts zu bedeuten, daneben die Filter, Bedeutung hat alles, dahinter im Schubfach der Stapel Briefpapier mit eingedrucktem Absender der chemischen Firma, für die Vater tätig gewesen war als Berater, ach ja, neunzehnzweiundfünfzig mit dem Kübelwagen und der Nebelkanone unterwegs, DDT-Pulver über die Kartoffelfelder mit dem Wind.

Ich habe den Vater bewundert, ich habe ihn geliebt, will der Sohn glauben. Er urteilt: Der Glaube ist unwahr. Der Sohn hat nur das Unglück des Vaters geachtet.

Die Enkel spielen mit der Feldwebelschnur, der Sohn wiegt das EK I des Vaters in der Innenhand, als wäre es ein anonymes Stück Geschichte, der Gedanke hilft ihm, *das Allgemeine ist die Rettung vor der Einlassung auf die Nähe*, er verwirft, weil die Formulierung nicht taugt, weil, wie er folgert, nur Wörter in seinem Kopf sind, keine Trauer; Trauer, denkt er, kenne ich nicht. Der Vater und ich, das war ein Liebesversuch, doppelblind, die Daten sind ungesichert.

Die Frau des Sohnes hat eine gerade Haltung und einen aufmerksamen Blick. Sie spürt etwas, wovon sie nicht weiß, was es ist. Die schnelle Bewegung der Enkel ist ihr ebenso fremd wie die langsame Bewegung der Kinder des Vaters. Sie steht frei in der Tür, an deren Rahmen der Mann der Tochter sich mit der Schulter gelehnt hat. Der jüngste Enkel schwingt die Silberschnur mit den drei silbernen Eicheln überm Kopf.

Es ist Krieg.

Dem Sohn scheint jetzt wichtig, welchen Dienstgrad die Schnur bezeichnete, obwohl ihm Dienstgrade egal sind, obwohl er sich fürchtet vor ihrer kannibalischen Bedeutung. Aber es ist Krieg. Was der Vater im Krieg tut, ist wichtig. Erschossen habe ich keinen, hatte der Vater gesagt. Verwundet war ich. Mal den Hintern zu hoch gehalten, Streifschuß. Auskunft beendet. Keine weiteren Fragen zugelassen.

Möchtest du die Filter, fragt die Tochter den Sohn.

Der Sohn sagt: Das EK I hat er gehabt. Und du, sagt der Mann der Tochter, du bist Pazifist. Ja, sagt der Sohn, die Tochter schweigt, die Enkelin, sechs Jahre, singt leise vom Kuckuck, der auf einem Ast sitzt.

Die Tochter vollzieht eine Drehung.

Anders, denkt der Sohn, könnte ich die Bewegung meiner Schwester nicht beschreiben, während die Tochter, an den gespannten Leinwänden des Vaters vorbei, nicht wahr, denkt der Sohn, die Ölbilder des Biologen mochten wir nicht, sich dem Schrank zuwendet, Front bildet zu den geschlossenen Türen, Vorsicht, möchte der Sohn rufen, den Schrank sollten wir unberührt lassen, der Mann der Tochter rutscht am Türrahmen ein kurzes Stück in sich zusammen, die Frau des Sohnes richtet sich hoch auf, kerzengerade, schreibt der Sohn, streicht das Wort, die Enkel erkennen den neuen Ort der Eroberung, den großen, nußbaumfurnierten Schrank, plötzlich ein allgemeines Verharren vor dem Schrank, daß dieser, hofft der gegen seinen Willen immer weiterschreibende Sohn, einem Heiligtum gleicht, vor dem auch der Ungläubige schweigt, die Tochter legt Hand an den Schrank, Vaters breiten Schrank, den der Vater damals mitgenommen hat aus der gemeinsamen Wohnung, gut gearbeitet, fünfziger Jahre, nur das Beste lohnte die Anschaffung, links, rechts und Mittelteil mit Doppeltür, auf schräg stehenden, spitz zulaufenden, schwarzen, am Ende mit Messinghülsen versehenen Beinen, gerundeten Kanten, Sohn und Tochter: Kinder vorm verschlossenen Gartentor, die Schwester will fragen, ja, sagt der Bruder, bevor sie die Frage ausgesprochen hat und nun die linke Mittelteiltür nach links, er die rechte nach rechts schiebt, Vater gestapelt. Vater.

Was er gesammelt hat. Die Dias von den Kongressen, Kairo und New York und Istanbul, das alles haben Tochter und Sohn sehen können an langen Abenden, das Gesicht ihrer Mutter, Mundstrich quer, und sie wußten nicht, warum die Mutter keine Freude hatte an den Bildern. Die kostbaren Biologiebücher, Geschenke der Mutter an den Vater, die herrlichen Käferaufnahmen, Entomologe nennt sich des Vaters Beruf, Insektenkundler, die Bücher der Mutter hat er nicht gemocht, auch das haben die Kinder nie verstanden.

Wer das Plakat zuerst in dem Stapel entdeckt, wer es herausgezogen hat, wissen sie später nicht mehr.

Der Name des Vaters, drei andere Namen, die vier unterm Markennamen »Die Troubadours«, Unterhaltung versprechend am Abend, zwanzig Uhr, Gasthof Weiße Gemse, Nußdorf am Attersee, der Sohn liest wieder und wieder, begreift nicht, die Tochter wendet sich ab, Tanz, Witz und gute Laune kündigen die »Troubadours« an, hast du davon gewußt, fragt der Bruder, die Schwester schweigt.

Wo das Plakat lag, finden sich Zeitungsausschnitte, brüchig, gelbbraun, die »Troubadours« hatten gute Presse damals, 1947, in Österreich.

Da war er doch noch in Gefangenschaft bei den Engländern, sagt die Tochter, das kann gar nicht 47 gewesen sein, er ist doch erst 48 heimgekommen.

Der Sohn war vier Jahre alt gewesen. Der große Mann hatte sich zu ihm herabgebeugt, den Rucksack abgesetzt, das Kind nach dem Namen gefragt. Er hatte gelächelt und den Jungen hochgehoben. Zum ersten Mal hatte der Vater den Sohn 1948 in den Armen gehalten. Gezeugt hatte er ihn in einem Fronturlaub, die Nachricht von der Geburt hatte ihn noch erreicht, dann, März 45, war die Mutter mit der sechsjährigen Tochter und dem einjährigen Sohn nach Westen geflohen, zum vereinbarten Treffpunkt bei Verwandten im Hessischen. Selbstverständlich war der Vater sofort nach seiner Entlassung aus der Gefangenschaft nach Hessen gekommen. Er hatte ja noch nicht einmal seinen Sohn gesehen. Selbstverständlich hatte der Vater wie alle Väter nur eins im Kopf gehabt: Heim zur Familie. Der Sohn hatte den Dorfkindern erzählt, auch er habe jetzt einen Vater.

Wenn der Vater – unmöglich, das zu denken, wirklich zu denken, nur mit der Idee spielt der Sohn –, wenn der Vater nicht gleich nach Hause gekommen ist, wenn er sich frei gefühlt hat, so sehr frei, daß er gar nicht gewußt hat, wohin; wenn, was doch abstrakt vorstellbar ist, nach den Jahren Krieg für den Vater keine Fortsetzung des Vorkriegs mehr möglich war, wenn – der Sohn denkt dies losgelöst vom Vater, der Sohn hat eine andere Figur im Kopf, eine, über die er so schreiben könnte, von der er behaupten würde, diese Figur sei vors Tor des Gefangenenlagers getreten an einem hellen Vormittag im April 47, habe nach links, nach rechts, nach vorn geschaut, in die Sonne geblinzelt, habe den Kopf schief gelegt, gelächelt, sei unter einem plötzlichen Entschluß dann, wie der Sohn nicht schreiben würde, aufs Geratewohl in eine neue Zeit gegangen, ganz von Anfang an und frei.

Wenn der Vater nicht gleich nach Hause gekommen ist.

Der Sohn spielt mit dieser Voraussetzung. Er fühlt sich selbst dabei ausgelöscht. Wenn der Vater schon 1947 frei war. Und wenn er ein ganzes Jahr keine Sehnsucht hatte nach der Frau und der Tochter und dem ihm unbekannten Sohn. Wenn er, vielleicht, Angst hatte. Wenn der Vater das Wort *Kriegsheimkehrer* für sich nicht gelten lassen wollte.

Wenn er lieber mit drei anderen, auf die er irgendwo – er mochte das für einen glücklichen Zufall gehalten haben – gestoßen war, die ebenfalls nicht nach Hause wollten oder niemanden hatten, zu dem sie zurückkehren konnten, das Unterhaltungsquartett »Die Troubadours« gegründet oder sich ihrem bereits bestehenden Trio angeschlossen hatte? Die kabarettistische Ader des Vaters, hieß das in der Familie, die Ader, die kabarettistische, zu Hause hatte er sie nicht, aber man wußte von ihr, wenn die für den Vater Freiheit bedeutet hat?

Weitere Zeitungsausschnitte findet der Sohn, entfaltet die mürben Blätter, und das Wenn-Spiel endet. Kein Irrtum ist mehr erlaubt, keine Lüge trägt mehr.

Die Tochter sagt: Er ist eben nicht gleich heimgekommen. Wir haben auf ihn gewartet.

Ein Bann liegt auf dem Raum. Die Frau des Sohnes und der Mann der Tochter im Türrahmen versteift, die Enkel still, spüren: Etwas Fremdes geschieht. Tochter und Sohn sind verwaist. Man spricht nicht mehr von Waisen, wenn die Kinder über dreißig sind. Über Tote sagt man nur Gutes.

E. sei ein guter Vater gewesen, hat der Pfarrer gesagt. Ein immer bedrückter Mann, hat der Sohn gedacht. Dabei sei der Vater ein fröhlicher Mann gewesen, hatte es bei den Kollegen des Vaters geheißen, eine richtige

Stimmungskanone auf Tagungen, wo er abends am Klavier satirische Lieder auf die Naturwissenschaften und auf die chemische Industrie zum Besten gegeben habe; beliebt sei er gewesen, geachtet, zumal der ihm spät verliehene Professorentitel ihn für die Firma wertvoll gemacht habe. Der Sohn kennt den Vater in sich geknickt, besorgt, mit weichem, leisen Gang durch den Wohnungsflur, immer schon alt. Als wäre er, denkt der Sohn, unser Gefangener gewesen.

Ein Jahr fehlt zwischen den Konturen des Vaters. Ich hätte gern mit ihm darüber gesprochen, sagt der Sohn.

Die Tochter umarmt ihn.

In diesem entzogenen Jahr stirbt der Vater dem Sohn. Fragen stoßen ins Unbekannte, vorstellbare Antworten tun weh.

Die Kinder brechen die Durchsuchung der Wohnung ab.

Sie sitzen abends am Tisch der Tochter, die Enkel schlafen, die Kinder erzählen sich, was sie wissen vom Vater, immer wieder das, was sie wissen, solange, bis auch das ungewiß ist. Daß der Vater ein paar erotische Romane im Schrank hatte, daß er in seinem letzten, nicht fertiggestellten Ölbild anscheinend Kosmos und Schöpfung auf eine Art grafische Formel bringen wollte. Ja, der Vater malte gern, aber zu Hause war kein Platz für die Staffelei. Und er sang gern, aber zu Hause hatte er kein Klavier. Und vom Krieg hat er nur drei Sätze gesagt, aber das EK I und die Silberschnur seiner Uniform hat er aufbewahrt.

Die Kinder wissen, daß der Vater Sohn eines Lokomotivführers war, der selbst als Heizer begonnen hatte, daß dieser Großvater dem Vater die Oberschule bezahlt hat, daß der Vater sich das Studium selbst verdienen mußte bei der Reichsbahn, Schwellenhölzer hat er imprägniert, das wurde am besten bezahlt, die Dämpfe haben damals seine Lungen kaputtgemacht, kein ausreichender Atemumsatz mehr, aus mit dem Ruderclub, keine Chance für den Achter 1936. Aber ein Motorrad hat der Vater sich geleistet. Geländerennen ist er gefahren im märkischen Sand.

Willst du Vaters Uhr? fragt die Tochter. Der Sohn schüttelt den Kopf.

Ich habe wenig von ihm gewußt, sagt er, er hatte mein Vertrauen nicht.

Wir haben ihn sehr geliebt, sagt die Tochter. Ja, sagt der Sohn, wir kannten nichts anderes als Elternliebe, und so, wie er dann doch zu uns heimgekehrt ist, haben wir ihn dann doch geliebt.

Während der Sohn das sagt, weiß er, daß es nicht stimmt, so nicht, halbwegs vielleicht, irgendwie anders stimmt es.

Wenn der Vater, den ich gern geliebt hätte, sagt er, nicht der Mann war, der jetzt gestorben ist, dann hat dieser Mann, von dem ich nichts weiß, auch meinen Liebesversuch nicht spüren können, weil er sich gar nicht an ihn richtete. Wenn er gefühlt hat, daß er nicht gemeint war, daß ein anderer gemeint war, der plötzlich, im Mai 48, in der mit Pappe vernagelten Tür stand, sich zu mir herabbeugte, mich hochnahm; wenn er gewußt hat, daß ich den meinte, der sofort nach Krieg und Gefangenschaft heimkam, weil ihn jahrelang die Sehnsucht nach seiner Frau, seiner Tochter, seinem Sohn gequält hat; wenn er das zumindest geahnt hat – dann hat mein Liebesversuch ihm nur ein schlechtes Gewissen gemacht, und seine Liebe zu uns hat ihn nicht gerettet vor dem Gefühl, versagt zu haben.

Er hätte wegbleiben können, sagt die Tochter, er hätte doch glauben dürfen, er, der Lokomotivführer-Sohn aus Kattowitz/Oberschlesien habe nun nach Krieg und Gefangenschaft ein Recht auf seinen eigenen Weg, ohne die zugemuteten Akademikerwürden, ein Recht auf Geländerennen oder Malerei oder Kabarett, er wollte vielleicht keine Familie haben und nicht für irgendeine Firma DDT auf Kartoffelkäfer sprühen.

Er hatte aber eine Familie, sagt der Sohn. Er spürt, daß seine Frau ihn beobachtet.

Dann hätte doch die ganze Konstruktion nicht gestimmt, sagt der Sohn. Dann hätten doch die Mutter vom Vater und der Vater von der Mutter und wir von den Eltern ganz falsche Vorstellungen gehabt, und die Eltern hätten gewußt, daß die Konstruktion nicht stimmt, und hätten ihr wahres Leben immer geträumt, und das vorgemachte Leben hätten sie gelebt.

So ist es gewesen, sagt die Tochter.

Nein. So war's nicht, nicht immer oder nicht genauso.

Mach dir nichts vor, sagt die Tochter.

Der Sohn erinnert sich, daß eines der Wörter, die der Vater häufig gebrauchte, »Verschmerzen« hieß. Gegenwärtig ist ihm des Vaters Ermahnung, den inneren Schweinehund zu überwinden.

Im Sohn stirbt der Vater langsam.

Der Tod des Vaters beginnt mit der Ahnung des Sohnes, daß der Vater sich selbst zu seinem eigenen inneren Schweinehund erklärt und einen aussichtslosen, einsamen Kampf gegen sich geführt hat.

Zugleich entsteht im Sohn die andere Figur, die er für den wahren Vater hält. Die er sich erfinden muß aus dem, was der Vater verschwieg. Der Sohn sucht aus seiner Erinnerung die Wohnungsstille zusammen, das stumme Gewicht, unter das der Vater gebeugt war. Die für das Kind unergründliche Freudlosigkeit.

Was der Sohn überspielt hat, immer wegschob, wovor er sich in sein Zimmer eingeschlossen hat, muß jetzt wieder hervor, heraus. Muß die Spur sein.

Der Vater hatte ein Akkordeon.

Die Mutter wollte nicht, daß der Vater Ziehharmonika spielte, die Mutter sagte: »Ziehharmonika«, was den Vater kränkte.

Das Akkordeon stand auf dem Oberboden im Flur zwischen den Reisekoffern.

Der Sohn wollte wissen, was in dem kleinen, schwarzen, abgeschrägten Koffer war.

Der Vater stieg auf die Haushaltsleiter, hob den Koffer herunter.

Das Akkordeon war rot und weiß, es blitzte silbern, der Vater hängte es sich um, seine Hand auf den Tasten war plötzlich die schöne Hand eines anderen Vaters.

Mitten in der Melodie brach der Vater ab, drückte ein Ventil, das Instrument schnaufte, wurde schmal. Der Vater schloß den Koffer, stieg auf die Leiter, schob den Koffer auf dem Oberboden nach hinten, zog den gelben Vorhang vor, stieg herab, hielt sich einen Moment an der Leiter fest, klappte die Leiter zusammen, trug sie in die Küche, stellte sie in die Lücke zwischen Mauer und Geschirrschrank.

Der Sohn schwieg. Er war zwölf Jahre alt.

Die Mutter hatte behauptet, das Instrument, das sie Ziehharmonika nannte, habe keine reinen Töne. Der kleine Sohn hatte ihr zugestimmt.

Der Sohn war fünfunddreißig, da fragte der Vater: Als du damals ausgerissen bist, du warst, glaube ich, vierzehn, war das meinetwegen?

Nein, sagte der Sohn, deinetwegen nicht, das war nur so.

Der Vater weinte, sie saßen in der Bahnhofsgaststätte, eine halbe Stunde später ging sein Zug.

Du hast mal, sagte der Vater aus dem Zugfenster zum Sohn auf den Bahnsteig hinab, in deinem zweiten Semester nach Hause geschrieben, daß du nicht gern heimkommen würdest in den Ferien. Das hat Mutter damals weh getan.

Und dir? fragte der Sohn hinauf.

Der Vater sagte: Jetzt fahren wir, ich habe ja genug Platz im Abteil.

Wenn der Sohn sich daran erinnert, ist das Bild überlagert von einem ausfahrenden Zug voll deutscher Landser, einer grauen Szene aus irgendeinem Film.

Mutter hat erzählt, du hättest im Krieg in einem Lazarett gelegen und eine Geliebte gehabt, und diese Geliebte hätte Mutter geschrieben, ihr wolltet heiraten und Mutter sollte dich freigeben. Da war Mutter schwanger mit mir im siebten Monat. Ist das so gewesen?

Diese Frage hat der Sohn nie gestellt.

Der Zug nimmt den Vater aus dem Bahnhof. Das Taschentuch des Vaters. Eine kleine weiße Unruhe an der dunklen Gliederkette.

Der Sohn sagt: Was ich von ihm nicht kenne, macht ihn aus. Was ich von ihm weiß, nützt mir nicht. Um den, von dem ich etwas weiß, kann ich nicht trauern. Es gab ihn nicht.

Die Tochter sagt: Er hat sich selbst entzogen, als er

zurückkam. Vielleicht hat er es nicht so gewollt. Aber der Krieg allein war es nicht.

Sie ist fünf Jahre älter als der Sohn, sie wurde vom Vater gekannt, begrüßt bei ihrer Geburt, sie hat die Fotografie des Vaters, als der im Krieg war, immer herumgetragen in der Wohnung, auf den Tisch gestellt, an dem sie mit der Mutter aß, sie hat darauf bestanden, daß für den abwesenden Vater ein Gedeck mit aufgelegt wurde. Aber als der Vater auf Urlaub kam, hat sie den Vater nicht erkannt und von der Mutter gefordert, der fremde Mann solle die Wohnung verlassen.

In diesem Urlaub ist der Sohn entstanden.

Wir reden vielleicht nicht vom selben Vater, sagt der Sohn.

Unsinnig, sich im Nachhinein Gedanken zu machen, wie ein Leben hätte verlaufen können, sagt die Tochter.

Wir haben uns immer schuldig gefühlt am Unglück der Eltern, sagt der Bruder.

Die Schwester fragt: Bist du deswegen damals ausgerissen?

Seit der Vater tot ist, kann der Vater allmählich aufhören mit dem Festhalten an der Konstruktion.

Seit er tot ist, fängt er an, sich nach rückwärts loszulassen im Sohn, während der Sohn auf den Vater zuschreibt.

Die Tochter hat diesen Vater schon lange gekannt. Aber die Tochter war eingebaut in die Konstruktion. Die Tochter ist älter, sie hatte verantwortlich zu sein für die Unwissenheit des Sohnes, die von den Eltern das Glück seiner Kindheit genannt wurde.

Jahre nach dem Gang durch des Vaters Wohnung empfindet der Sohn beim Denken an den Vater etwas, das er Trauer nennt.

Es ist der Schmerz über den Vortod des Kriegsheimkehrers E. im Mai 1948.

Die Kostümprobe

Es war keine große Rolle. Drei Szenen bloß, einmal »Mitkommen!«, einmal »Heil Hitler!«, in der dritten kein Text – ein Drehbuch, das er nicht besonders, eine Rolle, die er überhaupt nicht mochte, die Gage hingegen angenehm, zwei gutbezahlte Drehtage, er hatte Familie.

Da die Lagerhallen des Janus-Kostümverleihs im Norden der Stadt mit öffentlichen Verkehrsmitteln nicht zu erreichen sind, leistete er sich ein Taxi, dessen Chauffeur offenbar Bescheid wußte und gleich, als er die Adresse erfuhr, nach Filmtitel, Rolle, Sendetermin fragte, aufgrund der ehrlichen Antwort jedoch beschloß, kein Autogramm zu erbitten.

Er stand in der Anprobekammer, Parterre.

Durch die quadratischen Milchglasfenster drang das Vormittagslicht diffus in den kahlen, grauen Raum, der vom Stallgeruch darstellender Künste erfüllt war – jener Mischung von Staub, Mottenpulver, Schweiß und ranziger Schminke, die gemeinhin Theatergarderoben, Bühnenkorridore und Schnürböden durchzieht.

An der Stirnwand gegenüber der Tür ein bodenlanger Spiegel, übereck Hakenleiste, Ablage, ein Stuhl.

Janus hat alles in allen Maßen. Uniform und Beiwerk eines SS-Untersturmbannführers, den er spielen sollte, waren vorbereitet.

Während er sich auszog, sah er im Spiegel den Gewandmeister hinter sich stehen, das senfbraune Hemd in Händen wie ein Torero seine Muleta. Die Kostümbildnerin lehnte müde und seitenverkehrt im Türrahmen; der sechste Nazi seit heute morgen, ein wenig bekannter Schauspieler, historisch festgelegtes Kostüm.

Das Braunhemd schien ihm monströs häßlich. Zur Unterhose und den dürren Beinen verlieh es seinem Spiegelbild den Anschein lächerlicher Schwäche, die dem Gewandmeister – einem feingliedrigen, höflichen Herrn, der im Weihnachtsmärchen auf der Bühne jederzeit als Zauberer hätte Verwendung finden können – derart peinlich zu sein schien, daß er dem Schauspieler die schwarze Uniformhose geradezu hastig aufdrängte, ihm beim Schließen der Wadenknöpfe, beim Spannen der unter den Fußsohlen geführten Gummibänder behilflich war, dabei kniete und so dazu beitrug, daß im Spiegel eine merkwürdige Szene von Herr und Knecht entstand.

Das eben noch gleichsam unvollendete Hemd erhielt durch die an den Oberschenkeln weit ausgestellte Reiterhose mit engem Hüftschluß ein martialisches Podest, auf welchem der Oberkörper im Braunhemd vorteilhaft ausgestellt war.

Unwillkürlich streckte er sich.

Ein fremdartiges Gefühl wuchs in seinem Rücken, drückte die Schultern auseinander, dehnte sich nach vorn, spannte die Brust. Er grinste sein Spiegelbild an, suchte den überzeugten Zivilisten, fand ihn noch im Gesicht und an den Füßen in hell- und dunkelblau karierten Strümpfen.

Als überreiche er ein Geschenk, hielt der Gewandmeister ihm die schimmernden schwarzen Schaftstiefel entgegen. Sie waren etwas zu groß, für die Aufnahme

versprach die Kostümbildnerin Wollsocken, Einlege-
sohlen für sicheren Halt.

In den Stiefeln trat eine neue Figur auf. Er wich zwei
Schritte zurück, betrachtete sich.

Entsetzlich, sagte er. Wie man sowas nur tragen
konnte, widerlich.

Von seinem Selbst waren ihm Gesicht und Hände
geblieben, und er hielt sein Gesicht mit beiden Händen
fest.

Den Siegelring können Sie anbehalten, sagte die Kostümbildnerin. Den Ehering müssen Sie abnehmen.

Der Gewandmeister griff nach der schwarzen Krawatte. Ich binde sie Ihnen, sagte er sanft. Sie bevorzu-
gen wahrscheinlich den Windsorknoten, aber damals
kannte man keinen Windsor, man band *einfach*.

Die Hände des Gewandmeisters entwickelten am
Hals des Schauspielers eine gelenkige Zärtlichkeit. Er
besah sich den Knoten, zog ihn vorsichtig fest, prüfte,
Abstand nehmend, sein Werk, nahm von der Ablage
das Parteiabzeichen und steckte es unterhalb des Kno-
tens fest.

Es darf nicht zu hoch sitzen, sagte er. Wir prüfen das
gleich mit der Jacke.

Die Uniformjacke saß wie maßgeschneidert. Kaum
hatte er die Leiste mattsilberner Knöpfe geschlossen,
spürte er erneut das Pressen in seinem Rücken, heftiger
diesmal, ungehemmt, als sei das Fremde in ihm jetzt,
unter dem schwarzen Tuch, zu voller Stärke erwacht.
Es stieß bis in den Nacken hoch, so daß er ruckartig den
Kopf aufrichtete. Es senkte sich in die Beine hinab,
drückte die Knie durch. Es hob ihn auf die Fußspitzen,
er wippte und suchte im Spiegel den Blick der Kostümbildnerin.

Das mir! lachte er. Ich fand Uniformen schon immer scheußlich, und diese besonders!

Aus der Tiefe des Spiegels trug der Gewandmeister den Mantel herbei, half Arm um Arm hinein, eilte um die Figur nach vorn, knöpfte zu, schlang mit behender Geübtheit, die ihm etwas Spinnenartiges gab, das Koppel mit Pistolentasche um die Taille, ließ das Schloß einschnappen, richtete die Schnalle mittig aus und besah, hinter sich tretend, den SS-Untersturmbannführer vom Scheitel bis zur Sohle.

Nur noch die Mütze, flüsterte er und glitt aus dem Raum.

Der Untersturmbannführer im Spiegel versteifte seinen Körper gegen die Last des Mantels. Er wuchs dabei um einige Zentimeter. Er sagte: Du hast Format.

Der Schauspieler widersprach: Man kann kein Format haben in diesem Mörderkleid! Sag, was du willst, ich behalte mein Zivilistengesicht, meinen Antikriegsblick, mein Pazifistengehirn! Ich bin nicht so leicht korrumpierbar!

Der Untersturmbannführer lächelte. Aber er lächelte nicht weich, auch nicht überlegen. Er zog, um zu lächeln, die Mundwinkel nach unten, so daß ein verächtlicher Ausdruck sein Gesicht beherrschte, den der Schauspieler, nachdem er sich erfolglos bemüht hatte, die Miene zu korrigieren, als Maske deutete, zur Rolle gehörig – natürlich, er übte bereits, kannte das, wenn aus dem Kostüm die Haltung, aus der Haltung die Mimik erwuchs!

Er versuchte, in Übertreibungen zu entkommen, spielte mit den Kinnmuskeln, preßte die Lippen zum Schlitz, stellte die Augen auf Kälte ein . . . vergeblich; was immer er mit seinem Gesicht unternahm – nichts wirkte überzogen, jede Grimasse paßte, war zugeordnet, richtig.

Leise hatte der Gewandmeister das Anprobezimmer betreten, trug in beiden Händen die schwarze SS-Mütze gleich einem Tablett mit gefüllten Gläsern, hob sie hinterrücks und senkte sie auf den Kopf des Schauspielers. Sie wirkte zu groß, ausladend, komisch.

Lach nicht, sagte der Untersturmbannführer. Die Größe ist Berechnung – ein schwarzer Heiligenschein, unter dem das silberne Totenkopfabzeichen zu seiner wahren Wirkung findet. Zieh den glänzenden Schirm tiefer ins Gesicht, auf Augenbrauenhöhe!

Ja, so trug man sie, sagte der Gewandmeister und reichte ihm die mausgrauen Wildlederhandschuhe. Sie saßen straff, verliehen den Fingern Spannung und Unempfindlichkeit. Als er die Druckknöpfe über den Pulsadern schloß, spürte er die Wärme des Leders.

Jetzt knöpfe den linken Handschuh wieder auf, verlangte der Untersturmbannführer. Zupfe, am Daumen beginnend, den Handschuh von den Fingern, wirf ihn aus der Rechten in die nackte Linke zurück, von dort wieder in die Rechte. Das muß rasch gehen, das hat Zack, *reiße* die Druckknöpfe auf, gib dem Abzupfen entschiedenen Rhythmus, ja, so ist es gut, das sitzt, das bereitet vor auf jedwede Handlung und hat doch den Anschein von Verbindlichkeit.

Der Mantel ist im Rücken zu weit, sagte die Kostümbildnerin. Er wirft Falten unter dem Koppel. Sonst okay.

Der Gewandmeister nickte. Wir schicken die Änderungsschneiderin runter.

Bis Montag, rief die Kostümbildnerin. Und die beiden letzten Menschen, die den Schauspieler noch in seiner ursprünglichen Gestalt gekannt hatten, verließen ihn.

Zieh den linken Handschuh wieder an, befahl der Untersturmbannführer. Handschuhe sind das Geheimnis der Unschuld. Wie der Stiefel das Land erobert, das der Fuß betritt, so führt der Handschuh den Befehl aus, den die Hand empfängt!

Er gehorchte. Zugleich überlegte er angestrengt, wie die Figur im Spiegel zu überlisten sei. – Mit der Rolle! Womit sonst, die *Rolle* stand als letzte Distanz zwischen ihnen beiden! Die Rolle verlangte, in der ersten Szene »Heil Hitler« zu sagen. Also winkelte er den rechten Arm ab, klappte den Handrücken zur Schulter und rief Heil Hitler.

Lasch, befand der Untersturmbannführer. Außerdem steht dir nicht zu, angewinkelt zu grüßen. Unser Dienstgrad grüßt gestreckt, die Finger geschlossen in Höhe des Mützenschirms.

Sein Arm flog hoch, leicht, fast ohne Kraftaufwand. Der schwere Ärmel des Mantels schien ihn mitzureißen, statt ihn zu belasten, und das »Heil Hitler« entschlüpfte seinem Mund so selbstverständlich, als habe er nie einen anderen Gruß gekannt.

Er blickte sein Spiegelbild fragend an, es nickte zustimmend, sanft, nahezu väterlich. Wie fühlst du dich, fragte es.

Gut. Seltsam gut. Die Rolle sitzt. Nur, daß dieses Kostüm schlampig gearbeitet ist: Die linke Schulterklappe fehlt auf dem Mantel.

Sie fehlt nicht, widersprach der Untersturmbannführer. Du hast sie noch nicht erworben, ebenso, wie du vorerst nur auf dem linken Kragenspiegel deiner Jacke drei Sterne trägst und der rechte noch frei ist.

Das ist Absicht?

Sein Spiegelbild lachte. Das ist Klugheit.

Dies also war das tiefste Wirkgeheimnis des Ehrenkleids: Die Asymmetrie der Accessoires. Welch eine Erfindung! Der Träger unterer Ränge fühlt sich durch Unvollständigkeit beschädigt. Sein Aufstieg ergänzt, Teil für Teil, Würde um Würde, die Seitengleichheit, das höchste Ziel: Die Harmonie der Person –

– denn dann erst, fiel ihm der Untersturmbannführer ins gedachte Wort, hat der Mann eine Achse! Und erst wenn er die Achse besitzt, ist er vollkommen! Geh also und erwirb dein Gleichgewicht. Und wenn du komplett bist, tritt mir wieder unter die Augen; du darfst mich dann auch, wenn du willst, lässig grüßen mit angewinkeltem Arm und den Vollzug deiner Symmetrie melden.

Der SS-Untersturmbannführer drehte sich auf dem Absatz und ging in die Tiefe des Spiegels, vorbei an den Milchglasfenstern, ihrem schattenlosen Licht, zur Tür, trat in den langen Korridor wie in einen dämmernden Morgen, beidseits Kleiderstangen, Meter um Meter, Hunderte von Uniformen und Rüstungen, Lederpanzer, Brustpanzer aus bronziertem Blech, Kettenhemden, grünes Tuch, blaues Tuch, graues Tuch, Schnüre und Tressen und Epauletten, napoleonisch, preußisch, zaristisch, kakanisch, Bolschewik und Royal Air Force, königliches Marineblau und koloniales Khaki und demokratisches Hellgrau – Jahrtausendfronten schritt der Untersturmbannführer ab, gemessen und fest die düstere Schneise hindurch, beseelt von dem brennenden Wunsch, sich seine Achse zu erkämpfen, jene vertikale Mitte, nach deren Gewinn jede

Gewissensbürde, sei sie auch noch so schwer von fremdem Leben, mühelos zu tragen wäre.

Stramm gehüllt in Ehrenkleid und Stiefel wurden seine unverwundbaren Glieder von Größe und Wohlbefinden durchströmt, fügten sich zu einer gewaltigen Einheit, die jetzt vom Kopf bis zu den Füßen keinen Widerspruch mehr enthielt.

Aus dem Rechteck der offenstehenden Haustür strahlte der neue Tag ihm entgegen als Glanz ewigen Ruhms. Er wäre seiner Glorie teilhaftig geworden, hätte ihn nicht, von der schmalen hölzernen Treppe herab, nahe dem Ausgang, die Stimme der Änderungsschneiderin aufgehalten mit dem ihm seither unvergeßlichen Satz:

Sind Sie der mit dem Mantel?

Die Kreidestriche, die Stecknadeln, die gezischten Flüche der Schneiderin, weil der schwere Mantelstoff sich gegen die Faltung sperrte, nahm er noch in gerader Haltung entgegen.

Ihre abschließende Bemerkung: Das wär's, Sie dürfen jetzt wieder raus aus dem Zeug! war die Beschreibung seiner gnädigen Stunde Null, in der die Schneiderin auf die an der Hakenleiste hängenden Kleiderbügel deutete und ihn allein ließ.

Noch einmal wandte er sich seinem Spiegelbild zu, nahm dem Untersturmbannführer die Mütze vom Kopf, zog ihm den Schlips unterm Hemdkragen hervor, achtete darauf, daß er sich am Parteiabzeichen nicht stach, und entblößte Stück für Stück den Symmetriesüchtigen, der ihn aufmerksam beobachtete, mit einem hochmütigen Zug um die Augen, als sei er felsenfest überzeugt, daß er die Erfahrung nicht *mit* ablegen konnte, eine winzige Spanne seines Lebens jenem Kalkül verfallen gewesen zu sein, das der Tod praktiziert.

Mochten Mantel, Uniformjacke, schwarze Reiterhose, Stiefel, Braunhemd, Handschuhe und Mütze nun zu des Schauspielers Füßen liegen wie letzte Zeichen eines zerfallenen Alptraums, die der Erwachte im klaren Licht des Morgens kopfschüttelnd beiseiteräumt – etwas in ihm würde bleiben: Jener Dorn, der von der Haut stetig nach innen wandert, das Herz sucht, den Kopf, und auf seinem Weg blutige Wörter schreibt: Macht, Ziel, Verewigung.

Als er sich in Unterhose und Socken gegenüberstand, verneigte der Schauspieler sich vor seinem zivilen Bildnis, um ihm zu danken. Er griff nach den eigenen Kleidern, den biegsamen Schuhen, begrüßte jedes Teil wie einen Freund und streifte, als er sich zum Menschen verwandelt fand, Braunhemd, Reiterhose, SS-Jacke und SS-Mantel über die bereithängenden Bügel, breitete Handschuhe, Mütze, die Krawatte mit Parteiabzeichen auf der Ablage aus, stellte die Stiefel darunter, begutachtete das Arrangement und registrierte vor dem entleerten Zeug beschämt in sich ein Gefühl, das er als Wehmut bezeichnen mußte, während der Druck, der sich, vom Rücken ausgehend, bei der Anprobe durch seinen Körper gedehnt hatte, sich aus den Gliedmaßen zurückzog und zu einem schmerzenden Punkt zwischen den Schulterblättern schrumpfte, der dort verharrte wie eine kleine eiserne Kugel.

Nun würde er auf den Hof des Kostümverleihs hinaustreten, im sonnigen Mittag zivile Gangart üben, er würde am Straßenrand stehen und den ausgestreckten Arm dazu benutzen, ein Taxi herbeizuwinken. Die Rolle? Er würde sie spielen, auch wenn sie nicht eben groß war, drei Szenen nur, einmal »Mitkommen!«, einmal »Heil Hitler!«, in der dritten kein Text – doch gute Gage. Schließlich hatte er Familie.

Diebe der Hoffnung

Für Ines W., Gunnar S.
und ihre Freunde

Am liebsten sind ihm die warmen Herbsttage.

Katrin stellt den Lehnsessel auf die Veranda, polstert ihn mit einer Decke und vier Kissen aus.

Dort sitzt er warm, beruhigt, eine zweite Decke um die Beine gehüllt, blickt über die rissigen Geländerbalken hinweg in den Garten.

Wind genug für ein schwaches Zittern in den Bäumen, Blitze durchs flirrende Laub, er schließt die Augen, lächelt. Tage, die er glücklich nennen dürfte, weil seine Unbeweglichkeit angenommen wird von einer verlangsamten Umgebung, in der seine Krankheit nicht als widernatürlich auffällt.

Auch wenn Katrin ihm einzureden sucht, krank sei er nicht, er brauche nur Zeit, sein Gehen wiederzufinden, das er irgendwo in sich verborgen, gewiß nur verlegt habe, er müsse Spuren in sich verfolgen, weit zurück bis zum ersten Wunsch, sich ins Senkrechte zu wagen, dann werde das Versteck entdeckt, werde das Fach geöffnet, in dem er seine Lauflust abgelegt habe, unbewußt, wie einen Brief – auch wenn ihm Katrin in immer neuen Bildern vorzustellen sucht, wie einfach, überraschend, wunderbar die Heilung sein werde, so weiß er doch, hört er mit, wie wenig Katrin ihren eigenen Worten glaubt.

An diesen Herbsttagen fühlt er sich von Katrins Weissagung weniger in die Pflicht genommen, empfindet er seine Lähmung nicht mehr als falschen Zustand wie in den zurückliegenden Jahreszeiten, der unendlich variierten Folge von Abschieden, dem Rundlauf um ihn, den Ganglosen, dessen Beine, wie Katrin das nennt, trotzen – er hört ihre Wut auf seine Beine heraus; Katrin spricht von ihnen wie von ungezogenen Nachbarskindern; offenbar gehören sie nicht zu ihm, wenn sie nicht laufen.

An den warmen Herbsttagen schweigt Katrin. Aber diese Tage, in denen das Licht sich kaum zu verändern scheint, sind bald verbraucht. Dann wird er hinters Fenster gesetzt werden. Die Nordostseite vormittags, Straße bis zur Kreuzung. Nachmittags der Südwesterker, Garten, Nachbars Garage.

Erster Stock. Nicht hoch genug für einen ordentlichen Sturz, hatte er bereits am ersten Tag nach der Heimkehr aus der Klinik gedacht. Zeitungs- und Büchertage, die Besuche von Kollegen, selten jetzt, anfangs hatte er wochenweise planen, Ungeduldige vertrösten müssen, er hatte ihre guten Worte gesammelt, ihre heilenden Einfälle und Tausendstelsekundenblicke auf seine Beine registriert, hastige, ihm schien: lüsterne Blicke, als würde sich mancher von den Gehfähigen sehnen nach umsorgtem Stillstand, für einige Wochen wenigstens; fast alle fragten nach Schmerzen, fast alle reagierten merkwürdig entlastet auf seine Auskunft: Nein, Schmerzen habe er nicht.

Die Besucher schienen ihn, den Konrektor des Gymnasiums, sämtlich eines ungestörten Schulbetriebs versichern zu wollen, wurden, nach seiner ärgerlichen Abwehr, wortkarg, unruhig, wandten ihr Gesicht Bildern, Möbeln zu; manche ließ er schweigen, bis sie ihre Unfähigkeit, über anderes als über die Schule zu sprechen, als Niederlage empfanden und unter jämmerlichen Vorwänden die Flucht antraten. Andere ließ er frei mit der Behauptung, er habe sich über ihren Besuch besonders gefreut, bedürfe nun aber der Ruhe.

Kaum einer hatte den Mut, ihn nach seiner Abwesenheit unmittelbar vor dem Eintritt der Lähmung zu fragen, nach seiner Flucht also, die man ihm seinerzeit freundlicherweise als Krankheit ausgelegt hatte, obwohl er für sein damaliges Entfernen vom Dienst eine Krankheit keineswegs hatte in Anspruch nehmen können, Krankheit, wie er sie sich später gleichsam pflichtgemäß angeeignet hatte, als nachgereichte Begründung für sein Ausreißen, nichts anderes war das gewesen, fünf Tage, die er aus seinem Leben gerissen hatte, sein letzter Versuch, wie er jetzt sagen würde, die Linie zu verlassen, der er mehr als dreißig Jahre gefolgt war, beruflich und in seiner Ehe mit Katrin – dieser annähernd gerade verlaufende, schon immer ein Stück weit voraussehbare, scheinbar notwendige Ablauf der Ereignisse, der Katrin und ihn mit wachsender Gewißheit erfüllte, daß nichts ihrer beider Lebensumstände nachhaltig erschüttern, nichts ihre ruhige, durch keinen Überschwang und keine Untiefen bewegte Beziehung gefährden könnte, solange sie beide sich an die unabgeredet zwischen ihnen waltende Vernunft hielten, aus der vorsichtshalber das Wort Liebe ausgespart blieb. Ihre stoische Sanftmut hatte sich bewährt, war ihnen nicht schwer gefallen, leicht sogar, seit sie beide, er mit geringem Vorsprung vor Katrin, das fünfte Lebensjahrzehnt erreicht hatten.

Der Versuch, aus dieser Linie auszubrechen, ließ sich erklären, wenn auch nicht rechtfertigen, durch die Zeitungsmeldung über den Schüler Gunnar S., 15, und dessen Freundin Ines W., 16 Jahre alt, die sich im fünfzehnten Stockwerk eines Hochhauses im Hamburger Stadtteil Farmsen auf das Sims des Treppenhausfensters geschwungen und nach der Frage des hinter ihnen die Treppe herabkommenden Rentners Henning N., »Was sie denn da um Gottes willen« machten, an der Hand genommen, sich angesehen und zugenickt, dann sich gemeinsam abgestoßen hatten in die Tiefe.

Sie waren beide nicht in seiner Klasse, nicht einmal an seinem Gymnasium gewesen. Er kannte sie nicht. Er wußte, als er die Meldung las, daß nur der Zufall andere Namen, andere Gesichter als die ihm bekannten gewählt hatte. Die Formulierungen im Abschiedsbrief von Ines und Gunnar kamen ihm vertraut vor. Die Rede vom »Kreislauf der Vergeblichkeit«, von der Rüstung, vom Ende Europas, von der Aussichtslosigkeit, vom nahen Kollaps der Natur oder dem nahen Atomkrieg; unter diesen Alternativen lohne das Leben nicht eine Sekunde länger.

Das Abendblatt mit der Meldung auf dem Frühstückstisch, Katrins Bitte, er möge mit seiner Klasse darüber sprechen.

Wie? hatte er entgegnet. Habe ich ihnen was zu sagen? Soll ich sagen, ja, der Junge und das Mädchen hatten recht, macht's ihnen nach?!

Katrin hatte auf ihren Teller geblickt, war rot im Gesicht geworden, als müsse sie sich schämen; er hatte gefürchtet, sie gekränkt zu haben mit seiner Antwort und erklärt: Irgendwo muß es Typen geben, die uns Hoffnung klauen, möglicherweise auch aufkaufen oder ersteigern. Oder lassen sie unveräußerliche Restbestände an Hoffnung in Privathand durch Mittelsmänner vernichten, um den Kurs für Hoffnung hochzutreiben? Und verschließen die eigenen gehorteten Bestände in einem Safe? Ich würde die Kerle gern dazu bringen – wenn es sein muß, auch mit Gewalt –, ihren Safe zu öffnen und so lange offen stehen zu lassen, bis alle darin gefangene Hoffnung wieder ausgeflogen und in gleichmäßiger Verteilung zu uns zurückgekehrt wäre. Einen Hauch davon dürften sie für sich behalten . . .

Katrin war an diesem Morgen wie üblich rechtzeitig an ihrem Schreibtisch im Finanzamt gewesen, er hatte den Fußweg zur Schule blind hinter sich gebracht, sich vor seiner Klasse gefunden, mechanisch eine Gedichtinterpretation angekündigt, das Kriegslied von Matthias Claudius zu zitieren begonnen: »'s ist Krieg! 's ist Krieg!/ O Gottes Engel wehre/ Und rede du darein!/ 's ist leider Krieg – und ich begehre/ Nicht schuld daran zu sein.«

Er hatte nach der ersten Strophe schweigend in die ungewöhnlich stille, wie ihm schien: verstörte Klasse gesehen, ihm war eingefallen, daß er vergessen hatte, den Gedichttext dreiundzwanzigmal zu kopieren, in den Gesichtern der Schülerinnen und Schüler hatte er nichts vorgefunden außer, vielleicht, der stummen Bitte, er möge, was er gesagt hatte, zurücknehmen, er möge Gunnar und Ines für lebendig erklären und mit unwiderleglichen Argumenten beweisen, daß sie mit ihrer Empfindung von der Vergeblichkeit aller Bemühung ganz und gar unrecht gehabt hätten; als läge bei ihm die einzige, der Klasse fehlende Information zum ewigen Frieden. Er hatte tatsächlich einen Augenblick lang in sich nach einer überzeugenden Lüge gesucht. Dann hatte er seine Tasche vom Tisch genommen. Verzeihen Sie, hatte er leise gesagt und das Klassenzimmer verlassen.

An solchen durchsonnten Herbsttagen fällt ihm die Erinnerung leicht. Im stummen Gespräch mit den Bäumen behält er immer wieder recht.

Die ausgeblichenen Fichtenbalken des Verandageländers erscheinen ihm als genaue Deutung des Todes – Dinge, die lange vor uns in ein Schweigen verfallen sind, das uns nun eingeholt hat.

So sieht er sich mit den Dingen im Kreis, nichts ist mehr dem andern verfügbar, ein jedes bestätigt, daß die Behauptung Vergils, auch die Dinge könnten weinen, überholt, widerlegt ist, diese Tränen hätten noch einen Rest Hoffnung bedeutet, der längst abhanden gekommen, geklaut worden ist. Er meint die Diebe beim Namen nennen zu können. Aber er glaubt nicht mehr an die Wut, die der Benennung folgen müßte.

Er erinnert sich daran, daß er das Schulgebäude verlassen hatte, nicht überstürzt, mit eher sorgfältig ausgeführten Schritten die vier Treppenstufen hinab, zu Fuß durch die Stadt, ohne sie zu sehen, mit taubem Blick nur und dem fertigen Urteil, daß diese Stadt um nichts verändert worden war durch den Doppelsprung aus dem fünfzehnten Stock; seine Ankunft im Bahnhof, sein absichtsloses Auswählen des Zuges, der ihm äußerlich gefiel, genauer: die Lokomotive schien ihm schön geformt, sauber, zuverlässig, frisch lackiert vielleicht, ein Schnellzug nach München, wie er vom Schaffner erfuhr, den er um ein Ticket bis zur Endstation gebeten hatte; er erinnert sich an die mehrstündige angenehme Fahrt längs durch die Republik, die, wie er sicher gewesen war, gleichfalls durch den Tod von Gunnar und Ines keinerlei wie immer gearteten Eindruck erfahren hatte; er erinnert sich, zwei Landschaften wahrgenommen zu haben, eine augenscheinlich reale, liebliche meist, Dächer – entfernt –, Wälder – Ruhe versprechend –, Kühe und Pferde und dann und wann Menschen, die seinen Blick zurückgaben durchs Fenster wie eine unerwünschte Einmischung; und eine zweite, unter oder in der ersten verborgen, ihm jedoch offen liegend, diese schnurgeraden Autobahnteile – unüberbrückt auf Flugzeuge wartend –, die unter den Hügeln sich hinfressenden Bunker – Geschwüre im Körper des Landes –, in den Wäldern lauernde Raketen: diese zweite Landschaft der Diebe; er erinnert sich, während der Fahrt gewußt zu haben, daß vor dem Hoffnungsklau schon der Diebstahl der Landschaft stattgefunden hatte, der Raub unserer letzten Einklangsversuche mit der, auch von ihm heimlich noch immer behaupteten Unschuld der Natur; und er erinnert sich, eingetroffen zu sein im Bahnhof von München, wo ihm die Lautsprechermitteilung, der Zug ende hier, mehrdeutig zutreffend vorgekommen war.

Auch sein vernünftiges Aussteigen, sein konzentriertes Suchen nach einem Hotelzimmer in Bahnhofsnähe ist ihm noch gegenwärtig wie das Motiv eines vertrauten Musikstücks, nicht jede Einzelheit, nicht die Variationen, aber die Grundmelodie: Lichter, ein Fußgängerüberweg, wo er den Erlaubnismann, den grünstrahlenden, forsch ausschreitenden, abgewartet hatte. Später sein Anruf zu Hause, Katrins Besorgnis zerstreut. Ihr langes Schweigen rauschte in seinem Ohr, dann hatte Katrin gefragt, ob sie ihn nicht zurückrufen solle, weil im Hotel wahrscheinlich die Telefoneinheit doppelt berechnet würde, seine Heiterkeit daraufhin, fast hätte er den Nachtzug zurück genommen, so unangemessen schien ihm angesichts dieser Rechnung seine Flucht aus der Schule.

Die billigsten Sätze noch zwischen ihnen, er brauche vielleicht nur Ruhe, eine Nacht überschlafen; als hätten wir beliebig viele Nächte zum Verschleiß, hatte er geantwortet; wieder ihr Schweigen; tu, was du tun

123

mußt, hatte ihre Absage an weitere Verständigungsbe-
mühungen gelautet.

Was er tun mußte. Als hätte es in der, ihm von den
Dieben belassenen Beliebigkeit noch einen Zwang gegeben, innen oder außen, einen der Vernunft gar oder
wenigstens des Anstandes.

Hatte er je zuvor eine so zwanghafte Freiheit emp-
funden, die sich aus der Bedeutungslosigkeit jeder
Entscheidung speiste? Hatte er sich jemals zuvor gefragt, ob er die vier Schritte vom Bett zum Fenster
gehen oder unterlassen sollte, um in der Gewißheit,
daß beides gleich viel oder gleich wenig bedeutete,
weder das eine noch das andere tun zu können, beides
zu unterlassen aber nicht imstande war, also gegangen
und wieder zurückgegangen war, *weil* es ihn gab in
diesem Zimmer? Hatte er je zuvor sich derart nach
einer befehlenden Instanz gesehnt, die ihm gesagt
hätte, dies oder jenes sei zu tun, gleich, ob er darin
Sinn sähe?

Deutlich erinnert er sich an den absurden Wunsch,
Untergebener zu sein, am liebsten Soldat. Und noch
immer vernünftig genug, diesen Wunsch als den
Punkt zu erkennen, der seinen Fall markiert hätte in
das Gebiet jenseits aller Vernunft, den Tod, hatte er
fast überstürzt das Hotel verlassen; der Gang durch die
Straßen eine akustische Erinnerung, bildlos, man hätte
ihm später das Straßenverzeichnis, Fotos zeigen können, an nichts hätte er sich erinnert als an den ständig
variierten Rhythmus eines seltsam flirrenden Geräu-
sches, durchsetzt mit Akzenten ungeformter, vielleicht menschlicher Urlaute, an schepperndes, maschi-
nenhaft aufgeregtes Blech und an Pausen, einbre-
chende Stille, durchklickt von defekten Neonröhren,
die ein regelloses Zeitmaß anzugeben schienen, das

sich langsam in Taktschritte ordnete, aus deren sich überlappenden Echos ein Marsch wuchs, über Steinplatten raspelnde Stiefel, entgegenkommendes Schlurfen dazwischen, mit Lumpen umwickelte Füße wie müdes Keuchen dicht über der Erde, Rückkehr atmete da laut gegen das Leder- und Nagelstakkato an, beide mischten sich zu einem weiten technischen Rauschen, das zwischen den Wänden der Häuser wie Nebel aus zerbrochenen Tönen anstieg, ihn ganz umgab, hell, licht wurde, bis er an den Fotoauslagen eines Nachtklubs vor überklebten Frauenkörpern eine Art Rückfall in die Wirklichkeit erfahren hatte, wenn auch nur in die beschädigte Wirklichkeit des rötlich beleuchteten Schaukastens mit den ausgeblichenen, an den Rändern aufgewellten Frauenbildern, die ihm suggerierten, es stünde ihm frei, dieses Fenster zu betreten, um dort, selbst eine Fotografie mit schwarzen Klebestreifen über Augen, Mund und Händen, sich auszustellen als Behauptung, ein Fremder werde, beträte er das zum Schaufenster gehörende Etablissement, ihn als echten leiblichen Menschen auf einem kleinen angestrahlten Podium erleben, wo er durch seine Blicke Wahrheit aufspüren, aus seinem Mund Wahrheit verkünden, mit seinen Händen auf Wahrheit deuten würde.

Als er sich von dem Fenster abgewandt hatte, war ihm jedes Bedürfnis, zu sehen, zu sagen, zu tun, abhanden gekommen. Er fühlte sich leicht, geradezu glücklich.

Mit einemmal war ihm alles, was er sah, unterschiedslos bedeutend und liebenswert erschienen, allein dadurch, daß es da war. Sichtbares war zugleich sehenswert. Die ausgezehrten Gesichter, die ihm begegneten, die satten, die dumpfen, die listigen. Jeder brüchige Mauervorsprung hatte Anspruch auf Schönheit. Der in den Winkel von Hauswand und Gehsteig gewehte Schmutz, den er mit der Schuhspitze aufscharrte, war kostbar, weil es ihn gab. Hätte in einem Fenster ein Mord sich ereignet, er hätte diesen Mord besungen, bejubelt, hätte Opfer und Täter entschuldet, das Fenster zum Tabernakel erklärt.

Mit dem Abstand dessen, der damals noch hätte flüchten können, der jetzt bewegungsunfähig, gleich einem in die Fußfalle geratenen Tier, den in ihm kreisenden Bilderkranz besah, spürt er noch heute, daß ausnahmslos alles sein gutes Recht hatte, kurz vor dem großen Raubzug der Diebe, die ihr Werkzeug gegen die Zukunft geschärft hatten. Noch saß ihr Netz zusammengelegt in der Schleuder, ihr Boot aber lauerte, er sah es, hart am jenseitigen Ufer.

Er war den diebischen Fängern entgegengetreten, er hatte in seinem Blick noch den nebensächlichsten, aller Ignorierung werten Reklameanschlag für Waschmittelglück vor ihrem Netz bewahrt, nichts mehr gewogen, befunden, alles Diesseitige war eine Chance, war schützenswert, alles, der ärmlichste, der vermeidbare Tod war noch Lebenszeichen. Ein Enttäuschter, der neben ihm gestanden und viermal Grün an der Ampel abgewartet, einen Fuß in den Rinnstein gesetzt, gezögert hatte, wieder zurückgezuckt war, weil er der Erlaubnis nicht traute, bevor er sich dann mit ihm über die Straße gewagt hatte: Er war sein Bruder gewesen.

Glück hatte er damals diesen Zustand genannt, in dem Alles mit Allem vermischt war. Keine Bedeutung. Keine Fragen woher und wohin. Dasein, Augenblick, Dankbarkeit für das Wörtchen *noch*, das einzige den Dieben entgegenzusetzende Wort. Wie er jetzt sagen würde: traurige Zeitschinderei.

Ein Glas Wein im nächsten Lokal, ein dämmriger Saal, vereinzelte Menschen an weit voneinander stehenden Tischen. Reisende mit fernerem Ziel, als ihnen bewußt war; auch er ein Tourist, das tröstet und läßt die Heimkehr offen. Er hätte Freunde anrufen können, Freunde aus früheren Jahren, Begegnungen bei Gelegenheit, Austausch der Erfolge, warum nicht, Schulkamerad S., Adresse notiert eineinhalb Jahre zuvor beim dreißigjährigen Klassentreffen, und wenn der da war, hätte man doch einen unverdächtigen Grund gehabt, nach München gefahren zu sein, man hätte lügen können von einem Kongreß, einer Tagung, etwas Plausibles, Reisen Begründendes, wenig Zeit, für diesen einen Abend nur.

Er hatte sich S. und dessen Frau vorgestellt, den Abtausch des »Nur-ja-keine-Umstände« mit dem »Ich-bitte-Dich«, die gelogene Zuspiegelung allzeit freudiger Bereitschaft. Die Taxifahrt in den Münchner Osten, Ottobrunn, war mühelos durch ihn geglitten, von sich selbst hätte er zwanzig Mark verlangt, gegen Quittung sich selbst den Betrag ausgehändigt, Katrin würde das für die Steuer brauchen, er hätte das mürrisch im glatten Garten hockende Haus auf zirka sechshunderttausend taxiert, der ihm riesig nett die Hand entgegenstreckende S. hätte die Steuervorteile erwähnt, Käsehäppchen mit Oliven, er hätte die Blumen vergessen, Kinder wären wohl dagewesen, im Alter von Gunnar und Ines, der Friede des Hauses hätte sich auf S., dessen hübsche, ja hübsche, müde Frau gesenkt, deren Blick nicht im Haus ruht, immer durchs Fenster will nach draußen.

Er hatte ein zweites Glas Wein bestellt.

Hätten sie über den Krieg geredet? Hätten die Kinder vom Tod sprechen dürfen? Man würde sich doch den einmaligen Abend nicht verdorben haben. Die phantastische Ruhe von Ottobrunn, einige letzte Flugzeuge schweben ein, lassen hinter sich den Streifen Stille, in dem schon das Warten auf den nächsten Alarm summt.

Die Vorstellung war in ihm zerbröckelt, der gebeugte Kellner hatte sich zum Kassieren an den Tisch gesetzt, stöhnend, Mitleid heischend, zum Rechnen schloß er die Augen, schien sich eine winzige Erholung zu verschaffen. Sie hatten einander angesehen, der Kellner hatte genickt, Einverständnis im voraus über nachzuliefernden Inhalt, er hatte deutlich auf die Geldbörse des Kellners geblickt, die dieser mit einer Uhrkette an seinem Hosengürtel befestigt trug.

Es gibt Diebe, hatte der Kellner gesagt, mit einer Art Vertraulichkeit in dieser Behauptung, die Gast und Kellner sich gegenseitig mit einem zweiten Nicken bestätigten.

An den reifen Herbsttagen gleiten seine Erinnerungen mühelos von der überdachten Veranda über den warmen, feuchten Rasen zu den Bäumen, die den Garten dann in einem Halbrund abzuschließen scheinen wie ein Theater, obwohl es eigentlich Ecken, einen spitzen Winkel gibt, dort einen Schuppen, in dem Geräte, die er nicht mehr benutzen wird, von Spinnen umwebt und festgezurrt werden, auch eine unter den hinteren Fichten verborgene Nische mit geschnittenen Ästen, gehäuftem Gras, wo die Schnecken ihre Gelege noch planen, als gäbe es seine Lähmung nicht, den Grund für sie ebenfalls nicht; der Garten birgt ihn, ein Bühnen-Horizont, von dem die kreisenden Bilder, in den Bäumen nervös gebrochen, ihm wieder zugespielt werden, das flatterhafte, dennoch streitfreie Gespräch, das ihm leicht macht, zu sitzen, ohne eine Alternative zu haben, in seinem isolierten, ruhiggestellten Warten auf das, was seit dem Sprung von Gunnar und Ines ihm sicherer scheint als zuvor. Früher hatten Informationen über die Drohung ihn dazu bewegt, nach immer neuen Argumenten gegen sein Wissen zu suchen.

Hier, im Garten, war er über die Warnung hinaus. Manchmal störte Katrin mit Bemerkungen, nun sei Zeit zum Essen, Zeit zum Kaffee, Zeit, wieder ins Haus zu kommen. Manchmal störte sie mit der Erwähnung von Knospenansätzen für das kommende Frühjahr.

Konnte die anstehende Katastrophe nicht gnädiger sein? Etwa als immerwährender Herbst eintreten?

Die Decke um seine Beine läßt sich streicheln wie das Fell eines großen Tieres, das fremd, aber zutraulich unter seinen Händen stillhält.

Wenn er hochsieht, in die Wipfel, die sich vor der niedrig stehenden Sonne aufzulösen scheinen, findet er dort manchmal Ines und Gunnar vor, zum Absprung bereit, nicht verzweifelt, sondern begabt mit einem ungeheuren Glück, fast hätte er behauptet: gesegnet mit jenem geringen Maß, das nötig, dann geschenkt ist, um über den letzten Halt hinaus zu gelangen; mehr als die verzweifelte Absage an die todesmächtigen Geschäftemacher; mehr, vielleicht viel mehr als die Unterwerfung, das Weinen im Absturz. Er streichelt das Tier unter der Decke, seine Teilahnung vom Tod.

Wohin waren Ines und Gunnar gefallen? Wie tief lag ihre Zukunft, die keiner ihnen stehlen sollte? »Es geht weiter für uns, wo, weiß ich nicht, aber ich glaube, es wird sehr schön«, hatte Gunnar geschrieben.

Waren die letzten Meter hinab schon ein Hinaufstürzen gewesen, hoch, bis zu den im Licht zerfaserten goldenen und blutigen Spitzen der Bäume und darüber hinaus? Hatte er sich seit seiner unbestimmten Ablehnung jeder Religion in frühen, absichtslos verbrachten Jahren Gedanken gemacht über äußerste, bewußt oder unbewußt nicht mehr faßbare Regungen, Ausgleisungen in eine andere Art von Zeit, Unzeit, in diese wohlfeilen, seinerzeit von ihm abgelehnten Angebote des – hier stockten seine künstlichen Spiele. Wovon? *Diese* und *jene* Seite. Eine ihm fremde Konstruktion. Nur um das Recht *dieser* Seite weiterzutragen, deren radikale Tilgung jederzeit ausgelöst werden konnte, ließ er *jene* halbherzig gelten.

Das Jenseits sind die anderen. Wenn es aber Nachkommen nicht geben wird – *wer* ist dann unser Jenseits?

Gunnar und Ines waren in seine Erinnerung gesprungen.

Wenn aber *keiner mehr sich erinnert*? Wenn *keiner mehr trauert*?

Die Decke, die er streichelt, birgt seine Beine – er hatte sich angewöhnt, von seinem Gebein zu sprechen –, sie müßten jetzt Kühle empfinden, seit der Schatten des Geländers auf ihnen lag. Er empfindet nichts. Der Lähmung ist Todeskühle fremd. Die Lähmung tut gut.

Bald würde Katrin wieder hinter seinem Stuhl stehen und sagen: Es ist jetzt zu kalt für dich. Sie könnte ebensogut sagen: Die Diebe haben ihr Ziel erreicht. Er würde dann von ihr unter die Arme gegriffen, aus dem Stuhl gehoben, auf seine Krücken gehängt werden, um, gegen das Geländer gelehnt, zu beobachten, wie sie den Stuhl ins Zimmer trug.

Er würde wieder ihre Erwartung aushalten müssen, wenn Katrin, zurückgekehrt in die offene Tür, ihn locken würde, die eineinhalb Meter Distanz zu ihr eigenhändig zu überwinden. Und wieder würde er das Ritual befolgen, damit sie sagen durfte: Prima, wie du das machst!, sich schlenkernd mit zwei Krückschritten nach vorn stelzen, in ihre Arme schleudern, an ihr kleben, ein Frosch ohne Schenkel, sein Gesicht an ihrem Hals, Geborgenheit lügen und spüren, wie Katrin sich härtet, natürlich nur, um ihn zu halten, natürlich die aufgewendete Kraft, natürlich die Anspannung, wieviel Natur brachte sie auf und vergeudete sie, wieviel Unnatur empfand er jedesmal, wie hoch waren Gunnar und Ines gesprungen, um ihre Natur zu finden, weiter als bis in die Sonne, deren Blitz jederzeit ihn, in der hilflosen Ermutigung über eineinhalb Meter Entfernung, treffen könnte, würde er dann wenigstens die erste Strahlung mit seinem Körper von Katrins Körper abhalten, hatte nicht Gunnar im Flug noch seinen Körper zuunterst gerichtet, schneller dem Rasen vor dem Hochhaus entgegengedreht und Ines aufgefangen mit seinem winzigen Vorsprung in die gewählte Zukunft, um der Nichtzukunft zu entkommen und um Ines aus seinen Knochen und seinem Fleisch ein Nest zu bereiten, als beide doch fliegen lernten, nicht wahr, fliegen hinauf, die ersten jämmerlichen, klatschenden Flügelschläge in das uns ganz und gar Fremdgewordene? Katrin, das Nest: immer schien sie ihm blutig, wenn sie forderte, daß er auf sie zukam.

Die letzten Minuten zu sitzen. Halb Tier. Im spitzen Winkel des Gartens, wo hintern Zaun die Nachbarn den Küchenkompost häufen, sieht er von hier aus nicht, weiß er bloß: Igel, Schmetterlingspuppen, Schneckengelege unter dem mulmigen, schattigen Rest aus Ästen, Gras, Laub, wo sich die Brennesseln neigen. Dorthin ist das Versprechen gestürzt, das

Gunnar und Ines sich gegeben hatten auf dem Fensterbrett im fünfzehnten Stock, Stadtteil Farmsen. Dorthin zeigen die Generäle und rufen: Man hat uns falsch verstanden, wir sind die Garanten des Frühjahrs!

Er hält ihnen sämtliche Nebensächlichkeiten entgegen, die er zu lieben gelernt hatte, vor der Tür des Restaurants, München, die Schillerstraße am Bahnhof, das bißchen altbackene Hurerei und kunstseidene Mercedesgehabe und geldlose Ausländerstaunen, die saturierten Gucker mit Tolligitt und Meidasmußweg und Pfuimöchtichauchmal, das grünlichtige letzte Gericht für seine Brüder, gebeugt über ihr Bier vorm Bahnsteig zweiundzwanzig, das ihm der reinweiße, reinemachende, der Tabula-rasa-Knall ausgewischt hatte, bevor er fast einem der müden, schräg überm Glas im spätesten Gleichgewicht unsichtbar von irgendwo oben gehaltenen Bahnstreicher gesagt hätte: Du also bist mein Bruder im Kampf gegen die Dieberei?

So sympathetisch hatte er sich gefühlt, so endgültig hatten die verhetzten Jungen in der Bahnhofstoilette ihn taxiert. Das also war die ganze, wirklich die ganze Friedens-Armada, das gesamte Aufgebot gegen die Diebe, ein paar Minuten zur hilfreichen Spritze, Menschenfleisch, warm, in urinstinkenden Kabinen, der letzte Münzhandel vor der Überfahrt; da, wo es immer kurz vor der Währungsreform ist, wo es kein Ärmelaufkrempeln danach, nur das davor gibt, wo jeder, der »morgen« sagt, gut begründet zusammengeschlagen wird, da, wo die Bahnhofsmission residiert, war das einverständige Nicken von Gunnar zu Ines, von Ines zu Gunnar die zutreffende Geste, da also, wo Freiheit bloß Abgrund, wo bloß der Abgrund Freiheit ist, war ihr Abschiedssatz: »Du klinkst dich

voll rein, aber das nützt ja nichts, immer diese Vergeblichkeit« Bild geworden, hier, wo nur noch kraftloses
Warten auf etwas nach dem Tod Hoffnung genannt
werden durfte, hatte der Lichtblitz sein Tor gefunden,
über die ganze Breite des Schienenkörpers war er in
den Kopfbahnhof geprallt, auf jedem Geleis eine
Sonne, mit unverminderter Fahrt, von überall her, gegen die Rammböcke, Achtung, die Druckwelle auf
Gleis 1 bis 27, mit einer Sekunde Verspätung, Vorsicht
am Bahnsteig, die Hitzewelle aus Stuttgart, Frankfurt,
Köln, Hamburg, zurücktreten von der Bahnsteigkante
– er hatte den Feuersturm gesehen, zurasend auf die
Mitte Münchens, aufgerichtet an den Frauentürmen,
glühende Spiralen, zu wem, zum Herrn?, die Turm-
hauben zischten, alles wollte hinauf, nur hinauf, er war
unversehrt geblieben, hatte in der atomsicheren Tele-
fonkabine auf Gleis 21 gestanden, er hatte die Nummer von Katrin gewählt, seine Nummer zu Hause,
nach Hause will ich, hatte er gesagt, dann komm,
hatte sie gesagt, es fährt kein Zug mehr, hatte er einge-
wandt, Katrin darauf: nimm ein Flugzeug.
    Es gibt keine Luft mehr, hatte er gesagt.

Diese durchsonnten Herbsttage beginnen ruhig, werden von Tiefffliegern durchschnitten, hinter denen sich
die versehrte Stille schließt.
    Die meisten Vögel sind, irrtümlich, wie er meint,
noch einmal abgehauen. Mit ihm einig sind die
Bäume: Wenn der große allgemeine Nachen sich nä-
hert, gibt es immer noch welche, die meinen, es gäbe
da andere, bessere Tarife versprechende, Alternativ-
Ziele anbietende Reedereien, und viele noch, die behaupten, sie stünden am Ufer, während sie längst mit
den Wellen kämpfen.

Gleich würde Katrin leise hinter ihn treten und ihm rechts und links an den gepolsterten Stuhl die wunderleichten Alukrücken lehnen. Er würde sagen: So hast du mir damals deine Sätze zur Seite gelegt.

Katrin war bereits einen Tag später nach München gekommen. Sie habe die Stadt unzerstört, blühend, prall vorgefunden, einmalig, hatte sie gesagt, glaubt er sich zu erinnern, obwohl sie von München nichts wahrgenommen haben konnte, als auf der etwa achthundert Meter langen Strecke zwischen dem Hauptbahnhof und seinem Hotel in der Schillerstraße wahrzunehmen ist.

Wie nach einem Filmschnitt hatte sie in seinem Zimmer gestanden, ihn auf dem Bett liegend angetroffen, wie lange willst du hier bleiben, hatte sie gefragt, anscheinend ohne eine Antwort zu erwarten, jedenfalls hatte er gefühlt, daß die Frage ihn verfehlte, irgendwo neben seinen Kopf in die gestauchten Kissen zielte, und daß er, Katrin betrachtend, an ihr vorbeischwieg. Sie war zwischen Bett und Tür stehengeblieben, die Reisetasche hing in ihrer Hand, ein großes totes Tier.

So wie jetzt in diesem Zimmer, hatte er gedacht, muß die Stille im Innern eines Würfels sein, bevor eine Riesenhand ihn aufnimmt, mit Wünschen bedenkt und ihn wirft.

Katrin hatte Verständnis mitgebracht aus Hamburg. Die Schulleitung hielt ihn wider besseres Wissen für krank, im Finanzamt hatte man Katrins Antrag auf einige Urlaubstage unbürokratisch entsprochen.

Sollen wir dankbar sein, hatte er Katrin gefragt, als sie zwei Stunden nach Mitternacht durch die menschenleere Fußgängerzone zum Marienplatz gegangen waren. Man schenkt uns zwei, drei Tage, damit wir wieder zur Besinnung kommen, und das heißt, damit wir wieder funktionieren wie bisher, gegen unser Wissen, schließlich muß es ja irgendwie weitergehen.

Das stimmt, hatte Katrin gesagt. Weitergehen muß es irgendwie.

Sie war stehengeblieben und hatte ihn umarmt. Über ihre Schulter hinweg hatte er die Stille zwischen den Häusern für endgültig erklärt: So also würde die Stadt aussehen, intakt, von Neutronen zerstrahlt oder Gasen vergiftet oder einer künstlich erzeugten Seuche infiziert.

Seine Phantasie hatte ihm dies tröstliche Bild nicht gelassen, miteinander verschmolzene Körper bedeckten die Steinplatten, auf sinnloser Flucht gefällt, in Pfützen erbrochenen Bluts, von Milzbrandblasen übersät; es hilft ihnen doch nicht, hatte Katrin gesagt, es hilft ihnen doch nicht, wenn du dich verweigerst, nichts hilft ihnen mehr, hatte er geantwortet, Ines und Gunnar sind nun einmal tot, hatte Katrin gesagt, ja, hatte er geantwortet, alle sind hingemäht, wir sind übrig, ist das nicht witzig? Wessen Steuererklärung willst du jetzt noch überprüfen und wozu?

Sie hatten im kühlen Hotelbett dicht aneinander gelegen, die Deckenlampe im Blick, in deren gelbgrünem Glasteller eine Fliege auf ihrem Rücken kreiselte, ein gequälter, surrender Schatten, verbrannte Facettenaugen hatte er sich vorgestellt, den unerlöst weiterlebenden Körper, der noch immer ins Licht wollte, blind, unbelehrt durch den Schmerz.

Weißt du, hatte er gesagt, daß ich als Kind immer Dinge versteckt habe? Ich hatte mir das Eck hinter der Musiktruhe ausgesucht, dort konnte ich sitzen bei meinen Schätzen, ich war wohl fünf oder sechs, sammelte scheinbar ziellos, da lag ein Löffel, ein Aschenbecher, ein Stück Draht, das ich draußen gefunden hatte, alte Taschenlampenbatterien, Pfeifenreiniger meines Vaters. Irgendwie hatte ich dadurch Anteil am Leben der Erwachsenen, ich war in meinem Versteck mit meinen Sachen zugleich vor ihrer Welt geschützt, in der die Dinge so rasch auftauchten, verbraucht wurden, verschwanden. Ich bewahrte sie, und sie gaben mir ein Gefühl von Sicherheit. Vielleicht suche ich immer noch so ein Versteck, und Ines und Gunnar haben mich endgültig überzeugt, daß es nie wieder irgendwo auf diesem Planeten ein Versteck geben wird. Was jetzt?

Katrin war aufgestanden, hatte eine Zigarette angezündet und sich ans Fenster gestellt. Er hatte sie betrachtet, nachgedacht, ob er sie jemals nackt, eine Zigarette rauchend an einem Fenster stehend gesehen hatte. Früher hätte sie den Vorhang zugezogen.

Denk nicht immer an dich, hatte sie gesagt. Keiner hat mehr Hoffnung auf ein Versteck, deine Schüler auch nicht.

Trost hätte ihm gut getan. Aber welchen Trost hatte er für die Schüler bereit? Und welchen hätte Katrin für ihn bereithalten sollen?

Wenn man dir dein Versteck ausgeräumt hätte damals, hatte Katrin gefragt, was hättest du getan?

Ein besseres gesucht.

Eltern finden alles.

Dann hätte ich wohl von zu Hause fortlaufen müssen.

Er hatte gelacht, und Katrin hatte sich ihm zugewendet.

Wenn die Sonne hinter die Bäume sinkt, friert das leuchtende Rot des Himmels zwischen dem Laub bläulich ein und durchdringt die Blätter nicht mehr, sie dunkeln, als ließe sich die Nacht vorsichtig zuerst auf ihnen wie auf Inseln nieder, bevor sie über ihre Küsten hinauswächst.

Eine dünne, feuchte Kälte schwimmt über den Rasen, steigt aber noch nicht zur Veranda herauf.

Nun kann er den Herbst deutlich riechen. Er zieht den Atem tief ein, bis ihm schwindlig wird. Er weiß, daß seine Beine die Kälte nicht spüren werden, wenn sie seine Füße erreicht, an ihm hochkriecht. Immer sind diese letzten Minuten, bevor Katrin kommt und ihn fast hoffnungsvoll fragt, ob ihm nicht kalt sei, wie eine Art sanften Ertrinkens, als könnte der Abend ihn in sich aufnehmen, ihn langsam erkalten, mit sich forttragen in eine milde, kühle Erblindung, die ihn zugleich, wie ein Kind, das sich die Augen zuhält, unsichtbar macht für die Blicke der andern.

Den zähen Wunsch, etwas, ein Ereignis, ein Fremder könne ihn auf besondere Weise erleichtern, die Hoffnungsdiebe könnten auf ihre unnachahmlich elegante Art ihm nach den Beinen auch den Rest seines Lebens stehlen – diesen Wunsch kannte er von sich, seit Katrin mit ihm am Tage nach ihrer Ankunft in einem geliehenen Wagen in die Berge gefahren war; den Namen der Gegend hatte er zwar registriert, das Bild der Landschaft aber mit einem fiktiven Klang besetzt – Friedberg –, der ihm erlaubt hatte, den allgemein verfügbaren Ort zu seinem persönlichen Erinnerungs-Besitz zu erklären.

Er erinnert die normierte Rustikalität der Häuser im Tal, frischen Klarlack an Holzbalken, überall dieselben Schwünge und Schnörkel, der gleiche weiße Rauhputz, die gleichen Geranienkästen, eine saubere Serie mit Parkplatz, den sie rasch hinter sich gelassen hatten, bis die frischen Wegmarkierungen mit Zeitangaben auf die Minute, bis die Bergbahn- und Loipen-Hinweise spärlich geworden waren und der eingeschlagene Pfad enger aus einer Wiese sich in steilen Serpentinen zu einer gemähten Kuppe hinaufwand, wo sie zum ersten Mal angehalten und zurück auf den Ort geblickt hatten, dessen Konturen sich scharf und winklig gegen das dunstige Tal abhoben.

Katrin war ihm stets um einige Meter voraus gewesen, auch als der Weg steinig, in ausgewaschenen Stufen zwischen niedrigem Gestrüpp steil anstieg, dann in ein Geröllfeld mündete, das Katrin ohne zu zögern rasch gequert hatte, während er auf den ersten lockeren Steinen stehengeblieben, nach rechts zum tiefen Ende des Gerölls geblickt und einen Augenblick lang geschwankt hatte.

Er hatte zu schwitzen begonnen, obwohl hier oben die Mittagshitze durch einen beständigen leichten Wind gemildert war.

Katrin hatte ihm vom anderen Ende des Geröllfeldes zugewunken. Er war ihr vorsichtig nachgegangen, als balanciere er auf einem Balken.

Wenn er feste Bergschuhe getragen hätte, so hatte er sich eingeredet, wäre ihm dieser kurze Übergang selbstverständlich leicht gefallen. Findest du nicht, daß wir für eine Bergwanderung ein wenig zu städtisch gekleidet sind, hatte er Katrin gefragt, als sie jenseits des Gerölls wieder auf Wiesenboden gestanden hatten, und Katrin hatte geantwortet: Aber das ist doch nur ein Spaziergang.

Sie war weitergelaufen, mit einer Zielstrebigkeit in ihren ausgreifenden Schritten, die sie ihm fremd machte.

Er kannte Katrins ruhiges, schlenderndes Gehen in der Stadt; er hatte sich an ihre Art, nie an seiner Seite zu bleiben, immer zu kreisen, zu suchen, gewöhnt, und gern beobachtet, wie sie kleine Ausflüge unternahm über die Breite und Länge des Bürgersteigs, wieder auf ihn zukam; alle Wege war sie mehrmals gegangen, immer noch einmal zurück, hatte etwas entdeckt und ihn, der sein Ziel geradewegs anzusteuern gewohnt war, hingewiesen auf eine eben übergangene Einzelheit.

Jetzt hatte sie in ihre, gegen die steigende Schräge geneigte Haltung eine ihm unbekannte Absicht gespannt. Er hatte versucht, dem Rhythmus ihrer Bewegungen zu folgen und, wie sie, nicht nach unten zu blicken, auch wenn sein Körper ihm deutliche Zeichen von Überforderung oder Angst gab, Schweiß an Wirbelsäule und Brustbein Rinnsale bildete, aus den Handflächen trat, von der Stirn in die Augen lief, beißend, daß er die Lider schließen mußte.

Sein Kopf schien sich gegen die nun näher vor ihm aufgerichteten Felswände zu stemmen, als solle er die ineinander verschobenen Dreiecke, Trapeze, gebrochenen Rhomben vor sich herschieben; Schmerz in seinem Gesicht, den die steinernen Brocken und Splitter verursachen mußten; bis er bemerkt hatte, daß er längst mitten in dieser Wand einen an Schrunden und Vorsprüngen geführten Weg zu ersteigen begonnen hatte und daß Katrin nicht vor ihm, daß sie über ihm war, als sie rief, sie habe die Markierung wiedergefunden, hier gebe es auch ein Drahtseil.

Nur wenige Steinstufen hatten ihn von Katrin getrennt, eine Felsplatte von der Größe eines Zimmers war noch zu überqueren gewesen bis zu dem Seil.

Das Bewußtsein, daß er sich gedreht haben mußte und daß jetzt sein Rücken zum Tal zeigte, schien ihn zu lähmen. Mühsam, als klettere er an der Wand eines Hauses senkrecht aufwärts von Fenster zu Fenster, hatte er den kleinen Vorsprung erklommen, auf dem Katrin ihn erwartete, vor dem Hintergrund einer mit grauen Schneeresten gefüllten Spalte im Fels, eine Hand an dem rostigen, mit Eisenringen in der Wand befestigten Drahtseil.

Als er vor ihr gestanden, selbst nach dem Seil gegriffen hatte, war ihm die Heiterkeit in ihrem Gesicht aufgefallen, ihr ruhiger Blick an ihm vorbei, von der Höhe hinab. Er hatte nicht gewagt, sich umzuwenden. Er hatte gesagt: Wie sollen wir da jemals wieder runterkommen?

Katrin hatte das Seil frei gelassen, ihn umarmt, ihn mit der Umarmung gedreht, sogleich wieder nach dem Seil gefaßt und ihn derart gezwungen, zu sehen, wie weit ihn der gemeinsame Standort von allem entfernte, was ihm sicher schien.

Hier würde ich gern mit dir tanzen, hatte sie gesagt und ihn gehalten.

Er verfolgte mit seinen Blicken den Steig bis zur Kante. Dahinter, tiefer, mußten die letzten Wiesen verborgen sein. Jenseits der Lücke tauchte das Geröllfeld auf, das sie überquert hatten, war in einer Senke dem Blick entzogen; dann die gemähte Kuppe, auf der sie zum erstenmal stehengeblieben waren; von der Kuppe angeschnitten das Tal, in dem er die winzigen, auch von hier oben noch ungetrübt sauberen Würfel des Dorfes ausmachen konnte. Darüber das von Schatten zerfurchte, hochaufgeworfene Massiv einer Gruppe von vier Gipfeln, die sich scheinbar den kleinen, sie überstreichenden Wolken entgegenlehnten.

Etwas in ihm hatte sich der Berggruppe hinter dem Tal zugeneigt. Als müsse er springen, über den Abgrund hinweg in die andere, ferne, fremde Wand, an der sich auf gleicher Höhe vereinzelt Fichten hielten, die ihm als vielfache Spiegelung seiner selbst erschienen.

Ein Baum sein, hätte er sagen können. Katrin hätte es wohl nicht gehört.

In dem weiten Raum zwischen ihm und dem Massiv gegenüber hatte er sich Ines und Gunnar nahegefühlt, die mit ihren Freunden einig gewesen waren, es sei wichtig, »wenigstens für den eigenen Tod verantwortlich zu sein, wenn schon sonst alles für sie dirigiert« werde; über den angenehmen Tod hatten sie nachgedacht, waren aufs Fliegen gekommen, die Freunde hatten später über Gunnar gesagt: »Er hatte Angst, von dem umgebracht zu werden, was er haßte.«

Zeitlupenlangsam müßte der Sprung sein zur gegenüberliegenden Bergwand, weich der Flug, kühl und sanft umweht dieser eine gültige Schritt, ohne Gedanken an den Aufprall auf Steine, ganz und gar darauf konzentriert, sich den steil in der Schräge verwurzelten Fichten zu nähern und anzugleichen, die ihren langsamen Tod aufrecht hinnahmen.

Er hatte nicht bemerkt, daß Katrin ihn losgelassen hatte, daß er frei stand. Sie hatten beide den trotzigen Willen gespürt, der in den Bergen aufgetürmt war, beide eingekreist von ihrem Schweigen, das er nachträglich in seiner Erinnerung gern mit Sätzen durchbrochen hätte.

All das wird bleiben, hätte Katrin sagen können. Das wird niemand zerstören können; auch wenn es keiner mehr ansieht, wird es so sein, wie es jetzt ist.

Er hätte nach dem Drahtseil gegriffen, gefragt: Aber wozu wird es so sein, wenn es keinen mehr gibt, der es ansieht?

Du wirst in die Schule zurückkehren, hätte Katrin

gesagt. Keine Voraussage, kein Vorschlag, kein Befehl. Der sachlich feststellende Tonfall hätte ihn mitten im Sturz nach drüben abgefangen.

Obwohl ich weiß, daß ich niemandem Mut machen kann für die Zukunft?, hätte er entgegnet. Obwohl ich guten Gewissens von keinem verlangen kann, etwas zu lernen, weil ich die Gegenfrage, Wozu eigentlich?, nicht mehr auf die alte Art beantworten kann: Für das Leben?

Nicht obwohl, sondern weil, hätte Katrin gesagt. Oder willst du sie alle den Lügnern überlassen?

Trost könnten sie brauchen. Dafür bin ich ungeeignet, hat man mir nicht beigebracht. Katrin hätte gesagt: Sie brauchen jemanden, der weiß, gerade jetzt ist es wichtig, daß einer sie begleitet. Wenn wir diesen Wahnsinn schon nicht verhindert haben, dann sollten wir uns wenigstens jetzt nicht drücken.

Er hätte gelacht: Die Solidarität der Bestohlenen.

Das Echo seines Lachens. Katrins abschließende Bemerkung: Keine Sinnfragen, bitte. Er hätte ihr zustimmen müssen – unmöglich, in den Bergen an die Zukunft der Städte zu denken.

Er hätte sich gern gedreht und wäre gern durch die hohe Felsspalte weiter aufgestiegen, vielleicht bis zu den Schneefeldern, geblendet einem Gipfel zu, von dessen Kreuz aus die Perspektive hochmütig, zugleich tröstlich gewesen wäre, aber Katrin hatte längst den Rückweg eingeschlagen, er sah sie das Geröllfeld queren, er war ihr gefolgt, ohne Angst diesmal, merkwürdig sicher, daß die lockeren Steine ihn tragen, der schräg abfallende Wiesenboden ihn halten würde.

Er erinnert sich an das Schweigen während der Autofahrt nach München, an das Verstummen zwischen ihnen, das angedauert hatte im Zug nach Hamburg, Katrins Blick aus dem Fenster, als wäre draußen nicht Nacht, die das Abteil auf den Betrachter zurückspiegelte, bis dann, nach seiner Bemühung, in sich einen Satz zu finden, mit dem das Schweigen aufzuhalten gewesen wäre, endlich Katrins Schlaf ihn erlöst hatte; er erinnert sich an ein hastiges Frühstück in der Nähe des Bahnhofs, Katrin hatte ihn zur Schule begleitet, wo, auf dem Weg vom Sekretariat zum Lehrerzimmer, nach einem Augenblick der Taubheit in seinem Kopf ihm plötzlich die Beine den Dienst versagt hatten, die Aktentasche war ihm entglitten, im nachhinein schien ihm, daß er hatte beobachten können, wie seine Beine sich unter ihm bogen, weich, schlangenförmig, er hatte wenige Minuten auf dem gefliesten Boden gelegen, umstanden von ratlosen Schülern, einige hatten gelacht, zwei Jungen aus der Oberstufe hatten ihn unter die Achseln gepackt, durch den Gang geschleift, seine Beine: die Schleppe eines gestürzten Königs, Krone der Schöpfung, hatte er ausgerufen, den eigenen Wörtern nachgehorcht, die ihm zu laut schienen, ohne daß er sie hätte zurückhalten oder dämpfen können.

Die Untersuchungen, die Transporte zu Kliniken, die psychologischen Befragungen, die Analysen lagen jetzt wie eine schwierige Flucht durch vermintes Gebiet hinter ihm.

Seither lobt er die Ratlosigkeit der Ärzte. Mit wenigen Ausnahmen hatte sich jeder von ihnen an den Fall von Gunnar und Ines erinnert, wenn er ihnen davon erzählt hatte – keine Folgerungen. Daß etwas in ihm aufrecht geblieben sei, mochte man ihm glauben oder nicht – seine Beine waren ein beständiger Vorwurf an die Kapazitäten, die ihn umstanden und ihm das Recht auf die Lähmung abgesprochen hatten, als läge die

Entscheidung, wie auch Katrin glaubt, bei ihm; niemand außer ihm selbst stehle oder gewähre die Hoffnung; keiner, der sich mit ihm gegen die Diebe gestellt hätte; so hatte er endlich die anderen auf ihren fraglos gehfähigen Beinen als die eigentlich Gelähmten, sich selbst aber als gesund eingestuft, da sie ihren Gang nicht gegen die Diebe nutzten, er jedoch in seiner andauernden Blockade verharrte und mit jedem Tag mehr sich einer Pflanze ähnlich fühlte, die Katrin ans Licht stellte, vor der Kälte schützte, der sie Haare und Nägel beschnitt, ein Gewächs, das sie umtopfte vom Stuhl ins Bett, vom Bett in den Stuhl, ans Fenster schob, wo er zu sehen vermeinte, wie alle, die in der Straße eilten, auf der Suche nach einem sicheren Ort waren, alle auf der Flucht vor Seuchen, Feuer und Gift, die sie im Kopf mit sich trugen an jeden, ihrer Bewegung erreichbaren Punkt.

»Macht endlich die Augen auf, fangt endlich damit an, wir sind doch hier, um glücklich zu sein«, hatten die Freunde von Ines und Gunnar auf einem Flugblatt gefordert.

Die Schatten im Garten haben sich versammelt, hinter den Silhouetten der Bäume und Sträucher bleicht der Himmel aus, Mücken schwirren über der Veranda, und Katrin tritt ans Geländer, sieht in den Abend, schweigt, wendet sich ihm nicht zu, als sie fragt: War es genug?

Ja, antwortet er, es war ein ruhiger Tag, bis auf die Tiefflieger, aber an die müssen wir uns ja alle gewöhnen.

Du wirst immer geduldiger, sagt sie.

Nachsatz

Befragt, warum er derart lange Sätze mit kompliziertem Bau wähle, stellte der Schriftsteller die Gegenfrage, ob es nicht kurze Sätze in ausreichendem Maße gebe, die – täglich millionenfach verbreitet – die Behauptung enthielten, die Wirklichkeit sei so einfach, daß der Kurzsatz ihr genüge und sie in ihm hinreichend auszudrücken sei, weshalb man ihm und einigen seiner Kollegen – da sie nun einmal unter der Gegenbehauptung ihren Beruf ergriffen hätten – gestatten möge, weiterhin Sätze von jener Länge und inneren Gliederung zu verfassen, an die, zugegeben, Leser kaum mehr gewöhnt seien, die zu schreiben jedoch schon darum Sinn habe, weil es gelte, die Übung in schwieriger Erkenntnis nicht zu verlieren, und schloß, um dem Vorwurf zu entgehen, er habe mit seiner Gegenfrage noch keineswegs erschöpfend auf die Frage geantwortet, lächelnd mit der Auskunft, daß es Menschen gebe, die aus sehr guten Gründen sich um aussterbende Pflanzen und Tierarten kümmerten, ja einen großen Teil ihrer Kraft auf deren Rettung oder Erhaltung verwendeten, und so eben auch solche, die ihre Aufmerksamkeit einer aussterbenden Grammatik widmeten, wofür es, jenseits der Frage, ob die jeweils dabei entstehenden Sätze gelungen seien, ebenso gute und im Wunsch nach dem Überleben der Zivilisation verankerte Gründe gebe.

Ob man ihn demnach als »Lang-Satz-Schützer« bezeichnen dürfe?

Ach, sagte der Schriftsteller und beschrieb mit der rechten Hand einen Bogen in der Luft, den er zaghaft im Vagen enden ließ, was einesteils seine Resignation vor der Dämlichkeit dieser zweiten Frage meinen konnte, andernteils denen, die das *Ach* mit der es fortsetzenden Geste als einen sehr langen Satz zu hören verstanden, Aufschluß gab über die Last der Tradition.

Jürg Amann

Ach, diese Wege sind sehr dunkel
Drei Stücke. 1985. 122 Seiten. Serie Piper 398

Die Baumschule
Berichte aus dem Réduit. 2. Aufl., 6. Tsd. 1982. 157 Seiten.
Geb. (Auch in der Serie Piper 342 lieferbar)

Nachgerufen
Elf Monologe und eine Novelle. 1983. 110 Seiten. Geb.

Patagonien
Prosa. 1985. 120 Seiten. Geb.

Robert Walser
Auf der Suche nach einem verlorenen Sohn. Piper Porträt.
1985. 79 Seiten mit 13 Abbildungen. Serie Piper 5212

»Amanns Texte sind Kabinettstückchen, die außer Lust an
der Form Leid am Menschen verraten.«
Niklas Frank/Der Stern

»Keine Frage – wir haben einen Autor vor uns, der minutiös
beschreiben kann und über ein hohes Maß an sprachlichem
Können verfügt.«
Hans Christian Kosler/FAZ

Piper